BAND 2 Alarmstufe Rot

FIONA KELLY

SPECIAL AGENTS™
POLICE INVESTIGATION COMMAND

Band 2

Alarmstufe Rot

Aus dem Englischen von Matthias Kußmann

Ravensburger Buchverlag

Mit besonderem Dank an
Allan Frewin Jones.
Besonderer Dank geht auch an
Ashley Jones,
Geschäftsführer des Wimbledon Museums.

Die Deutsche Bibliothek – CIP-Einheitsaufnahme

Ein Titeldatensatz für diese Publikation ist bei
Der Deutschen Bibliothek erhältlich

1 2 3 04 03 02

UMSCHLAG Working Partners Ltd., London
REDAKTION Doreen Eggert

Printed in Germany

ISBN 3-473-34512-1

www.ravensburger.de

Prolog

Nacht.
2 Uhr 37.
Im Süden Londons, Bezirk SW 9.
Ein kleiner stickiger Raum. Verkommen, lange verlassen. Es roch schlecht. Hinter der schmutzigen Fensterscheibe glänzten die Dächer der benachbarten Gebäude dunkel im Regen. Auch die leeren nassen Straßen und Gehwege glänzten. Weit entfernt das Rumpeln eines Güterzugs.
Der Raum war dunkel. Es gab kein elektrisches Licht.
Darin standen nur ein Stuhl, ein kleiner Tisch mit geborstener Platte. Sonst nichts.
Am Tisch saß eine Gestalt, über einen Laptop gebeugt.
Das schwache grünliche Leuchten des Bildschirms spiegelte sich auf einem bleichen Gesicht mit fiebrigen Augen.
Eine trockene Zunge fuhr über trockene Lippen.
Finger flogen über die Tastatur, Wörter glitten über den Bildschirm.

SHADOW: Ich habe gehört, dass Sie Ihre Arbeit sehr genau machen. Stimmt das?

Die feuchten Hände zitterten über der Tastatur. Kalter Schweiß rann. Ein Herz schlug schnell und hart. Dann erschien eine Antwort auf dem Bildschirm.

SPIDER: Welche Dienstleistung wünschen Sie?
SHADOW: Ich will, dass Sie jemanden verletzen. Welche Leistungen bringen Sie?
SPIDER: Ich arbeite auf Befehl. Was sind Ihre Wünsche?
SHADOW: Ich will, dass er leidet.
SPIDER: Wünschen Sie, dass er eliminiert wird?

Shadow starrte auf die letzte Antwort. Unbehaglich. Zögernd.
… dass er eliminiert wird?
Schweiß tropfte auf die Tastatur. Shadow atmete flach und schnell.

SPIDER: Wollen Sie, dass diese Person stirbt?

Der über die Tastatur gekauerte Mensch erwachte aus seiner Erstarrung und gab langsam und bedächtig eine Antwort ein.

SHADOW: Ich will, dass er gequält wird. Zerschmettert. Vernichtet.

Kurze Pause. Dann kam die Antwort.

SPIDER: Verstanden. Wir müssen uns noch auf das Honorar und die Zahlungsweise einigen. Und ich brauche genaue Informationen über die Zielperson.
SHADOW: Noch nicht. Das können wir besprechen, wenn es so weit ist. Ich muss nur wissen, dass ich mich auf Sie verlassen kann, wenn ich Sie brauche.

Shadow sah keine Notwendigkeit Spider bereits zu diesem Zeitpunkt alles zu sagen. Wenn Shadows Plan funktionierte,

würde er Spider sowieso nicht brauchen. Er benötigte ihn nur für den Fall, dass irgendetwas schief ging.
Weitere Wörter erschienen auf dem Bildschirm.

SPIDER: Unbefugten Zugriff entdeckt. Verbindung wird unterbrochen.

Shadow starrte mit leerem Blick auf den Schirm.

SHADOW: Was meinen Sie damit? Sind Sie noch da?

Keine Antwort.
»Verdammt!« Shadows Gesicht verzog sich vor Wut. »Du sollst verdammt sein!« Doch dann wurde ihm die Dringlichkeit der Situation klar. Jemand verfolgte ihre Unterhaltung. Sein Atem ging zischend, er riss den Kopf herum und sah zur offenen Tür hinüber.
Da draußen war jemand.
Irgendjemand störte seinen Plan.

*

Danny Bell saß im Laderaum des Überwachungswagens und beugte sich über seine elektronischen Geräte. Er trug einen leichten Kopfhörer mit Mikrofon und kontrollierte verschiedene Monitore und digitale Displays. Seine Finger flogen über die Tastatur des Laptops. Er war völlig auf seine Arbeit konzentriert.
Auf einem Bildschirm verfolgte er die elektronische Unterhaltung von Spider und Shadow.
Neben Danny befanden sich noch zwei weitere Männer im

Laderaum des Wagens. Ein dritter fuhr sie durch die regennassen Straßen von London Stockwell, SW 9. Die drei Polizeibeamten waren älter und erfahrener als Danny – doch bei einer Angelegenheit wie dieser warteten sie auf seine Anweisungen.

»Okay, ich hab sie noch«, sagte er. »Gut. Cool.« Er grinste. »Nicht aufhören, Freunde, weitermachen!« Er wandte sich zu seinen Kollegen um. »Wir sind ganz nah dran, Jungs.« Er hielt eine Hand hoch, Daumen und Zeigefinger nur Millimeter voneinander entfernt. »Wir sind *so* nah dran. Alles festhalten! Leigh? Jetzt scharf rechts abbiegen!«

Der Fahrer reagierte sofort und lenkte den Überwachungswagen mit hoher Geschwindigkeit um die nächste Straßenecke. Die beiden Polizisten im Laderaum hielten sich an der Wand fest und warfen sich einen Blick zu. Von einem siebzehnjährigen Trainee »Jungs« genannt zu werden, war neu für sie. Aber sie wussten, dass sich der junge, schwarze Amerikaner einfach am besten mit den teuren elektronischen Überwachungsgeräten auskannte. Zumindest was diese wilde Fahrt durch die Nacht anging, war Danny der Chef.

Danny stammte aus Chicago. Nachdem sein Vater dort in einem wichtigen Prozess gegen die Mafia ausgesagt hatte, waren sie beide unter dem Schutz des FBI nach London gekommen. Eine ziemlich aufregende Sache. Aber derzeit beschäftigte Danny etwas anderes. Er arbeitete nämlich inzwischen für die britische Polizei.

Die Londoner Police Investigation Command, eine Verbindung von Sicherheitspolizei und Spionageabwehr, verfolgte den Auftragskiller namens Spider schon seit Monaten. Er war »bestens« dafür bekannt, seine Opfer mit einem einzigen präzisen Schuss zu töten und danach spurlos zu verschwinden. So

nahe wie bei Dannys Einsatz in dieser Nacht waren sie ihm noch nie gekommen.
Doch das Gewirr enger Straßen stellte Dannys elektronische Straßenkarte auf eine gehörige Probe.
»Kommt als Nächstes eine Rechtsabbiegung?«, fragte er Leigh.
»Ja«, kam die Antwort durch seinen Kopfhörer. »Liegt genau vor uns.«
»Dann nimm sie. Wie sieht es draußen aus?«
»Eine ziemlich heruntergekommene Gegend. Eine Wohnsiedlung. Sieht aber eher unbewohnt aus, scheint alles leer und verlassen.«
Einer der Polizisten beugte sich über Dannys Schulter. »Bist du sicher, dass wir hier richtig sind?«
Danny gab einige weitere Daten ein und beobachtete die grün und rot flackernden Punkte auf seiner digitalen Karte. »Ja.«
Der Überwachungswagen fuhr langsam durch die halb verfallene Wohnsiedlung.
Plötzlich richteten sich die Härchen auf Dannys Nacken auf. »Jetzt haben wir ihn«, flüsterte er. Mit unverwandtem Blick auf den Monitor streckte er die Hand aus und griff nach zwei kleinen, rechteckigen Geräten. Sie waren aus dunklem Metall, das schwach im Dämmerlicht des Laderaums schimmerte.
»Ken, Adam – nehmt die Ortungsgeräte. Wenn ihr damit draußen seid, kann ich den Ort unseres Freundes genau bestimmen.« Danny aktivierte die Geräte, an denen kleine rote Lämpchen zu blinken begannen.
Die beiden Polizisten öffneten die Türen des Laderaums. Es hatte zu regnen aufgehört, aber ihre Füße platschten in Pfützen, als sie hinaussprangen. Sie gingen in entgegengesetzte Richtungen davon, um die Reichweite des ausgesandten Suchsignals zu erhöhen. Der Wagen fuhr langsam los.

Danny hörte Leighs Stimme im Kopfhörer. »Wie genau kannst du ihn jetzt orten?«
Danny grinste. »Ich kann dir sagen, in welchem Zimmer er sich befindet. Ich kann dir sagen, in welche Richtung er schaut und sogar die Farbe seines T-Shirts erkennen. Okay, halt an.«
Danny nahm den Kopfhörer ab und trug den Laptop zum offenen Heck des Wagens.
Er zeigte auf das lang gezogene, dunkle Massiv des gegenüberliegenden Hauses. Es war ein wuchtiges, fünfstöckiges Ziegelsteingebäude mit grauen Balkonen zur Straße hinaus.
»Er ist da drin«, rief er den beiden Polizisten zu.
Leigh kam um die Ecke des Wagens. »Und die Farbe seines T-Shirts?«
Danny lächelte. »Gib mir fünf Minuten«, sagte er und schaute auf seinen Bildschirm. »Oh-oh!«
»Was ist?«, fragte Leigh scharf.
»Das Signal ist verschwunden. Sie haben ihre Unterhaltung abgebrochen.«
Detective Inspector Leigh Mason übernahm das Kommando. Soweit erkennbar verfügte der Wohnblock nur über zwei Ausgänge. Dreißig Sekunden, nachdem das elektronische Signal verschwunden war, standen Danny und Adam schon am linken Hausausgang. Leigh und Ken rannten zum anderen hinüber.
»Ich nehme den ersten Stock«, sagte Adam. »Du den zweiten. Ruf uns per Handy, wenn du jemanden findest – und kein Risiko eingehen!«
Danny nickte. Er rannte das im Dunkeln liegende Zickzack von Betonstufen hinauf. Strom gab es hier sicher schon lange nicht mehr. Das einzige Licht fiel von den orange leuchtenden Straßenlampen herein. Das ganze Gebäude roch dumpf nach

Verfall. An den Gipswänden befanden sich Graffitis in knallig schrägen Farbkombinationen.
Danny erreichte einen langen schmalen Balkon, der sich an der gesamten Längsseite des Hauses entlangzog. Es gab fünf Wohnungstüren. Er hakte die Taschenlampe von seinem Gürtel los und leuchtete mit dem Lichtkegel den müllübersäten Weg vor sich ab.
Danny war nicht bewaffnet. PIC-Beamten tragen nur selten Waffen. Außerdem gingen sie auch nicht davon aus, hier Spider zu finden, sondern seinen Auftraggeber. Irgendwo in diesem Wohnblock befand sich ein Mann, der wusste, wie man an diesen Auftragskiller herankam. Wenn sie ihn schnappten, kämen sie ihrem Ziel, Spider für immer hinter Gitter zu bringen, einen entscheidenden Schritt näher.
Danny stieß die erste Tür auf und leuchtete mit seiner Taschenlampe den Raum aus. Tapeten hingen von den Wänden. Danny war nun schon einige Wochen auf Londons Straßen unterwegs, hatte sich jedoch immer noch nicht an Situationen wie diese gewöhnt. Es lief ihm kalt den Rücken hinunter. Er dachte, dass man sich letztlich wohl nie an das unterschwellige Gefühl drohender Gefahr gewöhnen könnte.
»Das wird erst dann der Fall sein, wenn du tot bist«, murmelte er vor sich hin. Es war die Angst, die seine Sinne wach und gespannt hielt. Er betrat vorsichtig das erste Zimmer der Wohnung. Nichts. Dann ging er in den Flur zurück, um die anderen Räume zu durchsuchen. Ein weiteres leeres Zimmer, dann eine schmale Kochnische mit einer dreckverschmierten Spüle unter einem kleinen Fenster.
Danny ließ den Lichtkegel der Taschenlampe über das Chaos auf dem Boden gleiten. Aus einer dunklen Ecke spähte ein leuchtendes Augenpaar zu ihm herüber. Dann hörte er ver-

stohlene, kratzende Geräusche. Ein haariger Rücken flitzte durch all den Unrat, schnell wie eine Pistolenkugel. Danny machte einen Satz nach hinten. Er bekam eine Gänsehaut und zog sich rückwärts aus der Küche zurück.

»Nette Nager«, murmelte er. »Mir reicht's.«

Nach der muffigen Wohnung kam ihm die kühle Nachluft draußen umso angenehmer vor.

Dannys Walkie Talkie summte in seiner Jackentasche. Er nahm es heraus. »Ja?«

»Alles okay?« Es war Leigh.

»Oh, bestens«, gab er zurück. »Es gibt hier Ratten in der Größe von Büffeln, aber sonst ist alles prima. Und bei dir?«

»Noch nichts gefunden. Sei vorsichtig.«

»Ja, Mama. Ich bin vorsichtig.« Danny unterbrach die Verbindung und steckte das Walkie Talkie wieder ein.

Die Tür zu der zweiten Wohnung auf diesem Stock stand halb offen. Er stieß sie mit dem Fuß ganz auf und lauschte auf weitere Ratten. Er wünschte, sein Trainee-Kollege Alex Cox wäre hier. Alex war handfester als er. Er wüsste, wie man mit Ratten umging.

»Ach was, Ratten sind okay«, flüsterte Danny. »Ratten sind eigentlich ganz niedlich und knuddelig.« Er durchquerte vorsichtig den Flur und kam in ein kleines stickiges Zimmer.

Ein Stuhl. Ein kleiner zerbrochener Tisch. Sonst nichts.

Er spürte, wie sich die Härchen an seinem Nacken erneut aufrichteten. Seine Haut begann zu kribbeln.

Irgendetwas war mit diesem Zimmer. Etwas Übles. Er spürte es genau.

Er ließ den Lichtkegel der Lampe zuerst über den nackten Boden gleiten und richtete ihn dann auf die Wand.

Jemand hatte Fotos an die Wand gepinnt. Viele Fotos.

Danny leuchtete die ganze Wand ab. Sie war vollständig mit Fotos bedeckt.
Danny schluckte. Irgendetwas stimmte hier nicht.
Er drehte sich langsam um die eigene Achse und leuchtete eine Wand nach der anderen aus. Jeder Quadratzentimeter des Raumes war mit Fotos desselben jungen Manns bedeckt. Immer und immer wieder das gleiche Gesicht, das von den Wänden blickte.
Die meisten Aufnahmen wirkten, als hätte man den jungen Mann mit einem Zoom-Objektiv aus größerer Entfernung abgelichtet. Aber es gab auch einige, die aus Zeitschriften oder Zeitungen ausgeschnitten waren.
Danny schluckte wieder. Hier musste jemand Krankes am Werk gewesen sein. Aus jedem einzelnen von diesen dutzenden und aberdutzenden Fotos waren die Augen des jungen Mannes herausgeschnitten worden.

Erstes Kapitel

Es war ein warmer Nachmittag Mitte Juni. Die Sonne schien aus einem klaren, blauen Himmel. Die Regenwolken der vorigen Nacht waren verschwunden. Der große Platz war mit Leuten angefüllt, die zum Mittagessen gingen, durch die Arkaden schlenderten, Geschäfte betraten und wieder verließen oder stehen blieben, um den Straßenkünstlern zuzuschauen. Entfesselungskünstler. Jongleure. Ein Feuerschlucker. Ein typischer Sonntag in London Covent Garden.

An der langgestreckten Selbstbedienungstheke von Ponti's Restaurant erschien eine attraktive junge Frau mit kurzen, blonden Haaren. Der Mann hinter der Theke hatte sie bereits bemerkt. Sie hatte ein Gesicht, das auffiel. Ihre Freundin belegte inzwischen einen Tisch auf der Straße. Sie hatte ihre langen schwarzen Haare zu einem Pferdeschwanz zusammengebunden. Neben ihren Füßen stand eine Sporttasche mit dem Abzeichen der Royal Ballet School.

Beide Mädchen waren schlank und ihre Bewegungen besaßen eine Anmut, die angeboren, nicht erlernt wirkte. Der junge Mann nahm an, dass sie Tänzerinnen waren, die im Royal Opera House probten und gerade eine Pause machten. Das stimmte aber nur zum Teil.

Er lächelte, als das blonde Mädchen auf ihn zukam, doch sie schien es nicht zu bemerken. Sie ließ ihren Blick über die Reihen verlockender Torten und Gebäcks wandern. Er bemerkte

Trauer in ihrem Blick. Er hatte den Eindruck, dass sie mit ihren Gedanken ganz woanders war.
»Kopf hoch«, sagte er zu ihr. »So schlimm wird's schon nicht werden.«
Maddie Cooper sah ihn überrascht an. Sie lächelte.
»Schon besser«, sagte er freundlich. »Können wir dich zu irgendetwas verführen?«
»Plunderstück mit Zimt und eines mit Mandeln, bitte.«
Sie zahlte und ging hinaus zu dem Tisch in der Sonne, an dem das schwarzhaarige Mädchen gerade im farbigen Magazinteil der Sunday Times blätterte. Sie sah auf, als Maddie einen Teller vor sie hinstellte.
»Was hat er gesagt?«, fragte Laura Petrie. »Hat er dich irgendwie angemacht?«
Maddie schüttelte den Kopf und setzte sich an den Tisch. »Er hat gesagt, ›Kopf hoch, so schlimm wird's schon nicht werden‹.« Sie lachte kurz auf. »Na, wenn der wüsste …«
Laura schaute ihre Freundin besorgt an.
»Ich bin schon okay«, sagte Maddie. »Hätte ich lieber nichts gesagt – du musst dir keine Sorgen um mich machen.«
»Das sagst du immer«, meinte Laura. Sie runzelte die Stirn. »Man weiß nie, was du in Wirklichkeit gerade denkst.«
Maddie musterte sie gelassen. »Willst du wissen, was ich gerade denke?« Sie holte tief Luft. »Okay. Ich denke, dass ich meine Mum sehr vermisse.«
»Das tut mir Leid, Maddie.«
An einem Abend vor elf Monaten war Maddies bisheriges Leben in einem Kugelhagel zerstört worden. Ihr Vater, Superintendent Cooper, der in einer leitenden Position bei der Polizei arbeitete, wurde bei dem Attentat verkrüppelt. Maddie wurde schwer verletzt, ihre Mutter ermordet.

Es war ein Vergeltungsschlag gewesen, der sich in erster Linie gegen Jack Cooper richtete. So hatte man ihm heimgezahlt, dass er einen der führenden Köpfe der Londoner Unterwelt hinter Gitter gebracht hatte. Der Attentäter hatte die Coopers blutüberströmt auf der Floral Street vor dem Royal Opera House liegen lassen und war verschwunden. Maddie hatte an diesem Abend in »Der Schwanensee« getanzt. Es war ihr erster Bühnenauftritt gewesen – und ihr letzter: Eine der Kugeln des Attentäters verletzte sie an der Hüfte, sie hatte sich schließlich davon erholt, aber ihr Karriere als Tänzerin war beendet.

»Ich hätte dich nicht fragen sollen, ob du mit zur Probe kommst«, sagte Laura. »Es hat dich wieder an alles erinnert, was damals geschehen ist, nicht?«

»Mich wieder daran erinnert?«, fragte Maddie leise. »Oh, Laura – ich muss nicht erst daran *erinnert* werden. Ich lebe ja jeden Tag damit. Aber ich habe nicht aufgegeben, weißt du? Ich hab ein neues Leben angefangen. Es ist zwar nicht das, was ich erwartet habe, nicht das, von dem ich all die Jahre geträumt habe – aber es *ist* ein Leben und ich bin glücklich damit. Wirklich.«

»Wenn du meinst.«

»So ist es. Also, was steht noch gleich in dem Artikel?«

»Du hast überhaupt nicht zugehört.«

»Tu ich jetzt aber.« Maddie nickte in Richtung Zeitschrift. »Also – worum geht es?«

Laura grinste. »Es ist ein großer Artikel über die tollen neuen Tennisstars.« Sie hob das aufgeschlagene Magazin hoch und hielt es Maddie hin. Ihre Augen strahlten. »Schau ihn dir an, Maddie. Ist er nicht der absolut tollste Typ, den du in deinem ganzen Leben gesehen hast?«

Maddie sah sich das Foto an. Ein junger Mann mit kurzen

hellbraunen Haaren und einem netten, jungenhaften Gesicht. Über dem Foto stand eine fette Schlagzeile. Sie las sie laut vor. »*Will Anderson. Champion von morgen oder Schnee von gestern?*« Sie sah Laura an. »Was soll das heißen?«

»Ach, du kennst doch die Presse. Erst wird einer hochgejubelt, und dann machen sie ihn nieder«, sagte Laura genervt. »Anderson war in letzter Zeit einfach nicht in Form, das ist alles. Zuerst haben sich alle lang und breit darüber ausgelassen, wie brillant er letztes Jahr noch gespielt hätte – und jetzt schreiben sie ihn kurzerhand ab. Letzten Sommer stand er im Halbfinale der American Open, und fast hätte er Ilych Ulyanov auch geschlagen. Erinnerst du dich? Will spielte wie ein junger Gott.«

»Ich war im Krankenhaus«, erinnerte sie Maddie.

Laura stutzte, sie wurde rot. »Tut mir Leid. Meine große Klappe …«

»Ist schon okay«, sagte Maddie. »Ich mach mir sowieso nicht viel aus Tennis. Um ehrlich zu sein: Ich höre diesen Namen heute zum ersten Mal.«

»Du bist wirklich ein hoffnungsloser Fall!«, sagte Laura und legte die Zeitschrift wieder vor sich hin. »Aber wenn Will erst einmal das Turnier in Wimbledon gewonnen haben wird, wirst du alles über ihn erfahren. Er wird jetzt von einer großen Internet-Sportfirma gesponsert. Sie heißt ›Moonrunner‹. Sein Gesicht wird in allen Zeitungen und TV-Programmen zu sehen sein. Das ist doch was, oder?«

Maddie lachte. »Wenn du es sagst.«

»Er hatte es nicht leicht, weißt du«, fuhr Laura fort und suchte eine bestimmte Passage in dem Artikel. »Ja, da steht es. Vor drei Jahren sind seine Eltern bei einem Autounfall gestorben. Bis dahin hat ihn sein Vater trainiert. Als er starb, hat sein älterer Bruder James das Training übernommen. Hier steht ein Zitat von der Schwester ihrer Mutter.« Laura las es laut vor: »Wir sind sehr stolz auf Will und verfolgen seine Leistungen mit großer Freude. Und obwohl zwischen den beiden Jungen nur ein Altersunterschied von vier Jahren besteht, ist James wie ein Vater für Will. Die Jungen sind unzertrennlich.«

»Sieht James auch so gut aus wie Will?«, fragte Maddie mit einem Grinsen. »Vielleicht können wir ja ein Doppel-Date ausmachen, wenn du so in Will verknallt bist.«

»Ich hab noch kein Foto von James gesehen«, antwortete Laura. »Ich weiß nicht, wie er aussieht.« Erst dann merkte sie, dass Maddie sie aufgezogen hatte. »Ach! Sehr lustig, Maddie. Ha, ha.«

Maddie lachte. »Ich wette, du hast Fotos von ihm über deinem Bett hängen.«

»Hab ich nicht!«, protestierte Laura halb. »Na ja, gut, aber nur zwei«, gab sie lächelnd zu. Sie blätterte eine Seite um und runzelte die Stirn. »Ich kann es wirklich nicht ausstehen, wie diese Journalisten Leute runtermachen. Jeder kann doch mal einen Durchhänger haben. Ich schätze, dass Will einfach Kraft für Wimbledon sparen will. Hör dir das mal an: ›Inzwischen werden Fragen laut, ob Will Anderson jetzt, da er zur Medien-Ikone wird, überhaupt noch an seine Leistungsgrenze geht. Er wäre nicht der erste junge, hoffnungsvolle Spieler, den der Ball angesichts von Geld und Ruhm nicht mehr besonders interessiert. Will Anderson sollte sich weiter auf seinen Sport konzentrieren und keine Partys feiern, wenn er eigentlich trainieren müsste.‹« Laura blickte auf. »Man sollte ja meinen, dass sie ihm Mut machen würden. Wenn die große britische Hoffnung bereits in der ersten Runde des Turniers rausfliegt, ist es noch früh genug, um zu motzen!«

»Beruhig dich«, sagte Maddie. »Man könnte ja meinen, du wärst seine Freundin.«

Laura zuckte die Achseln. »Das wäre ich ja auch gern!« Sie sah Maddie mit gespielter Verzweiflung an und begann dann lauthals zu lachen. »Und ob! Aber genug von meinen Fantasien – was macht deine Arbeit? Du hast mir noch fast nichts darüber erzählt.«

»Es geht gut, danke«, antwortete Maddie.

»Es muss seltsam sein, für seinen eigenen Vater zu arbeiten«, meinte Laura. »Allerdings hat es sicher auch seine guten Seiten – zum Beispiel, dass man nach Hause gehen kann, wann man will.«

»Hast du eine Ahnung«, erwiderte Maddie. »Dad behandelt mich genau wie alle anderen auch. Das haben wir gleich am Anfang vereinbart.«

Laura sah ihre Freundin nachdenklich an. »Ist Büroarbeit wirklich deine Sache, Maddie? Ich weiß natürlich, dass du das Beste daraus machst – aber ist das nicht ein bisschen öde?«

Maddie lächelte.

»Es ist ja nicht nur Büroarbeit«, sagte sie. »Ab und zu lassen sie mich auch mal raus.«

Laura beugte sich neugierig vor. »Zum Beispiel für besondere Aufträge?«

Maddie schüttelte kurz den Kopf. »Du weißt, dass ich dir nichts darüber erzählen darf.«

»Ach ja, hab ich ganz vergessen«, grinste Laura. »Solche Einsätze sind natürlich topsecret – Maddie unterwegs im geheimen Auftrag ihrer Majestät.«

»Sie sind nicht topsecret«, antwortete Maddie. »Aber sehr vertraulich.«

»Keine Sorge«, sagte Laura, »ich weiß, wie viel dir deine Arbeit bedeutet. Aber warte nur – sobald ich eine Rolle in ›Giselle‹ bekomme, wirst du die Letzte sein, die es erfährt!«

Maddie lächelte und aß ihr Plunderstück weiter. Sie dachte an den morgigen Tag. In der Frühe stand die wöchentliche Kurzbesprechung auf dem Programm. Sie fragte sich schon, welchen neuen Auftrag ihr Vater für sie hätte. Am liebsten würde sie wieder mit Alex und Danny zusammenarbeiten. Laura hatte Recht – Büroarbeit konnte öde sein, aber ein einziger Tag draußen auf den Straßen bei der Lösung eines Falles wog hundert Schreibtischstunden auf.

Zweites Kapitel

Montagmorgen. Die Rushhour.

Die überfüllte Underground hielt zischend an der Tottenham Court Road. Die Türen glitten auf und Maddie trieb im Strom der anderen Fahrgäste zum Treppenaufgang. Sie fühlte sich gut – sie freute sich darauf, nach dem Wochenende wieder zur Arbeit zu gehen.

Es war ihr klar gewesen, dass es schwierig sein würde, bei Lauras Probe dabei zu sein. Es war das erste Mal seit dem Attentat, dass sie es wagte, ihre alten Freundinnen von der White Lodge Tanzschule zu besuchen. Sie gingen inzwischen alle in die berühmte Royal Ballet Upper School. Maddie war froh gewesen, dass der unvermeidliche Neid nicht allzu schmerzhaft war, als sie die Freundinnen auf der Bühne sah.

Maddie verließ die Underground-Station an der Kreuzung Tottenham Court Road und Oxford Street. Vor ihr ragte der hohe weiße Turm des Centrepoint-Gebäudes in den Himmel. Wie immer herrschte dichter Verkehr. Rote Busse. Schwarze Taxis. Leute, die zur Arbeit eilten. Maddie blieb kurz stehen und sog die sie umgebende Energie in sich auf.

Dann überquerte sie die Straße und ging über den Vorplatz zum Haupteingang des Centrepoint-Gebäudes.

Die Glastüren glitten zur Seite. Als sie sich hinter ihr schlossen, war der Lärm der Straße wie abgeschnitten. Angenehme Stille.

Am Empfang lehnte eine wohl bekannte Gestalt und plauderte mit dem uniformierten Mann vom Sicherheitsdienst. Es war Alex. Er trug seinen ledernen Motorradanzug. Er war mit seiner geliebten Ducati zur Arbeit gefahren. Er war neunzehn Jahre alt, ein Trainee aus der Hendon-Polizei-Schule, den Maddies Vater in die PIC-Zentrale geholt hatte. Hellbraune Haare hingen ihm in seine haselnussbraunen Augen. Er war kräftig und wirkte durchtrainiert. Alex war ein guter Kollege und ein Freund von unschätzbarem Wert – wie Maddie in den wenigen Monaten, in denen sie jetzt zusammenarbeiteten, bereits erfahren hatte. Er lächelte sie an, als sie ihm entgegenkam und dem Wachmann ihren Dienstausweis zeigte.

Die beiden passierten die metallene Sicherheitsschleuse neben dem Empfang und gingen zum Lift.

Die Stahltüren öffneten sich mit leisem Summen. Sie gingen hinein.

»Wie war dein Wochenende?«, fragte Alex.

Maddie erzählte ihm kurz von ihrem Ausflug zum Royal Opera House.

»Das war sicher nicht leicht für dich, oder?«, fragte Alex mitfühlend. Er kannte Maddies Geschichte.

Sie lächelte ihn ein wenig traurig an. »Da hast du Recht«, sagte sie. »Aber ich bin froh, dass ich dort war. Das gehört alles zum Heilungsprozess – wie meine Großmutter sagen würde.«

Der Lift trug sie leise und rasch zum obersten Stockwerk des Centrepoint-Gebäudes. In den vier oberen Etagen war bereits jede Menge los. Hier hatte die Police Investigation Command, abgekürzt PIC, ihre nationale Zentrale. Und von hier aus koordinierte Chief Superintendent Jack Cooper die verschiedenen Einsätze, die bis weit über die Grenzen der britischen Inseln reichten.

»Ich frage mich, ob Danny heute bei uns reinschaut«, sagte Maddie. Danny Bell war in den vergangenen Wochen ein seltener Gast in der PIC-Zentrale gewesen. Er war in einem besonderen Auftrag unterwegs und verbrachte die meiste Zeit in seinem Überwachungswagen.

Die Lifttüren gingen auf und Maddie fühlte die gewohnte angenehme Anspannung, wenn sie die Zentrale betrat. Es war ein langes Großraumbüro, hell erleuchtet und schon früh am Morgen voller Leben. Die handverlesenen Polizeibeamten der PIC saßen an großen Schreibtischen, bepackt mit neuester Computertechnologie, oder standen neben den Druckern an der Wand und unterhielten sich leise. Große digitale Bildschirme flackerten im ganzen Raum.

Jackie Saunders, die Leiterin der Abteilung Kommunikation, sprach gerade in fließendem Japanisch in ihr Mundmikrofon. Sie begrüßte Maddie und Alex mit einem kurzen Winken, als sie an ihr vorbeigingen.

Danny war heute doch im Haus. Er saß an seinem Arbeitsplatz, sah stirnrunzelnd auf seinen Bildschirm und tippte eilig etwas in seine Tastatur.

»Hallo, Fremder«, sagte Alex.

Danny sah zu ihnen hoch. Maddie dachte, dass er ungewöhnlich angespannt und beunruhigt wirkte.

»Hi, Leute«, sagte er knapp.

»Stimmt irgendetwas nicht?«, fragte Alex. »Du siehst aus, als wäre dir gerade ein Geist über den Weg gelaufen.«

Danny schaute seine beiden Kollegen angespannt an. »Ein Geist wäre mir allemal lieber«, sagte er.

»Was ist passiert?«, fragte Maddie. Sie wusste, dass Danny übers Wochenende mit dem Überwachungswagen unterwegs gewesen war.

»Ich erzähl's bei der Besprechung«, sagte er knapp. Er sah auf seine Armbanduhr. »Ich hab gerade mal noch zehn Minuten, um meinen Bericht fertig zu machen. Dann erfahrt ihr alles.«

Maddie und Alex warfen sich einen Blick zu. Alex zuckte die Schultern und sie ließen ihn allein. Dieses Verhalten war so untypisch für Danny, dass ihn irgendetwas ernsthaft mitgenommen zu haben schien.

Dann hörten sie die Stimme von Tara Moon, Jack Coopers persönlicher Assistentin, durch die Lautsprecheranlage. »Alle Mitarbeiter der Alpha-Watch-Einheit bitte in zehn Minuten ins Sitzungszimmer.«

»Ich zieh mir nur schnell die Motorradklamotten aus, dann sehen wir uns drinnen«, sagte Alex zu Maddie.

Sie nickte abwesend, in Gedanken immer noch bei Danny. Was konnte im Verlauf des Wochenendes geschehen sein, das ihn so sehr beschäftigte?

✷

In dem weiträumigen ovalen Sitzungszimmer schob Jack Cooper seinen Rollstuhl hinter dem Besprechungstisch zurecht. Er war heute schon lange vor Maddie im Büro gewesen. Nach dem Mord an seiner Frau und den Verletzungen, die ihn verkrüppelten, hatte er sich völlig in seine Arbeit gestürzt. Durch seine langjährigen Verdienste war er zum Leiter der PIC befördert worden, einer innerhalb der Londoner Polizei einzigartigen Einrichtung, die direkt dem Premierminister und der Innenministerin verantwortlich war.

Tara Moon stand neben ihm, als die Beamten der Alpha Watch hereinkamen und ihre Plätze einnahmen. Sie war vierundzwanzig Jahre alt, hatte kurze, flammend rote Haare und grüne Augen. Sie war gleichzeitig persönliche Assistentin und Chauffeurin des Chief Superintendent – eine Aufgabe, die sie mit eiserner Ruhe versah.

Maddie kam mit Notizblock und Kugelschreiber in der Hand herein. Sie setzte sich und warf ihrem Vater einen liebevollen Blick zu, den er mit einem knappen Nicken beantwortete.

Nach dem Attentat hatte sich Jack Cooper große Sorgen um seine Tochter gemacht. Sie hatte es kaum glauben wollen, dass ihre Karriere als Tänzerin vorbei war, bevor sie richtig begonnen hatte. Doch als Maddie an ihrem sechzehnten Geburtstag um eine Führung durch die PIC-Zentrale bat, tat sich ihr eine neue Perspektive auf. Maddie war sofort von der PIC begeistert – auch wenn Jack Cooper schwere Bedenken hatte, seine Tochter in die nicht ungefährliche Welt einzuführen, in der er arbeitete. Aber Maddie gelang es, ihren Vater zu überreden, sie ein Jahr lang in der PIC-Zentrale in seinem Team mitarbeiten zu lassen – bis sie in die Schule zurückmusste, von der sie für ein Jahr befreit war, um sich in ihrem neuen Leben besser zurechtzufinden.

Die letzten beiden Officers kamen in das Sitzungszimmer.

Die wöchentliche Besprechung konnte beginnen.

✷

Maddie machte sich Notizen, während die verschiedenen Beamten ihre Berichte vortrugen. Viele davon betrafen Einsätze, an denen sie nicht direkt beteiligt war, aber Chief Superintendent Cooper verlangte, dass sein Team immer über alle Aspekte der PIC-Arbeit auf dem Laufenden war.

Maddie versuchte sich auf die neuesten Fakten über einen Waffenhändlerring zu konzentrierten, aber ihre Aufmerksamkeit und ihr Blick wanderten immer wieder zu Danny. Er saß vorgebeugt da und studierte konzentriert einen Computerausdruck.

Der Officer beendete seinen Bericht.

Nun war Danny an der Reihe. Er stand auf und ging zum Rednerpult.

»Vor drei Monaten«, fing er an, »haben wir davon gehört, dass ein Killer via Internet Aufträge annimmt und koordiniert. Bis jetzt haben drei Morde stattgefunden, die wir mit dieser Person in direkte Verbindung bringen. Er oder sie nennt sich ›Spider‹ und operiert von London aus. Das ist alles, was wir sicher wissen.«

Maddie machte sich eilig Notizen. Was Danny berichtete, war zwar neu für sie, doch es überraschte sie nicht, dass sich inzwischen auch Kriminelle das frei zugängliche World Wide Web zu Nutze machten.

Danny fuhr mit seinem Bericht fort. »Aber vor einer Woche hatten wir Glück. Wir konnten eine E-Mail-Korrespondenz zwischen Spider und einem möglichen Klienten verfolgen. Der Klient nennt sich ›Shadow‹. Er hat von irgendwo in London SW 9 aus Kontakt zu Spider aufgenommen. Sie haben sich darauf geeinigt an diesem Wochenende weiter über das Geschäft zu verhandeln.«

Danny berichtete über die Geschehnisse der vergangenen Samstagnacht – die Fahrt des Überwachungswagens durch die dunklen Straßen, die halb verfallene Wohnsiedlung, das muffige Treppenhaus und den müllübersäten Flur, der ihn zu dem Zimmer geführt hatte.

»Das Licht, bitte, Tara«, sagte er. Tara Moon ging zur Tür und dimmte das Licht hinunter. »Wir haben Shadow nur etwa um fünf Minuten verpasst, aber wir haben die Stelle gefunden, von der aus er operierte.« Danny fuhr sich mit der Zunge über seine trockenen Lippen. »Wir haben ein paar Fotos davon gemacht.«

Er drückte auf eine Taste des im Rednerpult eingebauten Computers. Im Bruchteil einer Sekunde erschienen Fotos auf den Bildschirmen am Platz jedes Officers.

Das erste Foto zeigte einen kleinen schmutzigen Raum. Ein Tisch und ein Stuhl, nackter Dielenboden, das Fenster ein schwarzes Loch in die Nacht. Das Foto war mit Blitzlicht aufgenommen, sodass man erkennen konnte, dass die Wände mit einem Durcheinander von Fotos bedeckt waren.

»Ich hab wirklich schon einiges gesehen«, sagte Danny, »aber so etwas doch noch nicht. Seht euch das mal an.«

Er drückte auf eine Taste. Ein weiteres Bild erschien, eine Nahaufnahme der Wand.

Ein Murmeln ging durch den Raum.

Auf dem Bild waren etwa zehn Fotografien zu sehen. Zehn Fotos eines hübschen jungen Mannes. Bei sechs der Fotos waren die Augen mit einem scharfen Messer sorgfältig herausgeschnitten worden. Bei den anderen vier sah es aus, als wäre eine Zigarette auf das Papier gedrückt worden, die die Augenhöhlen herausgebrannt hatte.

Danny zeigte noch einige weitere Bilder.

Darauf war immer das Gleiche zu sehen – hunderte von Fotos eines jungen Mannes ohne Augen.

Danny holte tief Luft. »Ich denke wir können davon ausgehen, dass es sich dabei um Spiders nächstes Opfer handelt.«

Maddie blickte überrascht auf ihren Bildschirm. Der Anblick all dieser verunstalteten Fotos war schlimm genug – aber es kam noch etwas anderes dazu.

»Ich weiß, wer das ist«, sagte sie.

Alle Blicke richteten sich auf sie.
Sie schluckte und sah von ihrem Bildschirm auf. »Es ist ein Tennisspieler. Und er ist ein großes Talent. Er heißt Will Anderson.«

Drittes Kapitel

Aus jedem Bildschirm in dem ruhigen Sitzungszimmer starrten die ausgebrannten Augenhöhlen von Will Anderson. Einige der Beamten hatten auf Maddies Einwurf hin zu nicken begonnen und sich an den Tennisspieler erinnert. Aber alle Blicke richteten sich weiterhin auf Maddie.

»Weiter, Maddie.« Jack Coopers Stimme klang in der gespannten Stille des Raumes wie ein leises Knurren.

»Ich weiß nicht viel über ihn«, sagte Maddie. »Im Magazin der Sunday Times von gestern war ein Artikel über ihn. Er ist Engländer, siebzehn Jahre alt. Man erwartet dieses Jahr in Wimbledon einen großen Auftritt von ihm. Das ist alles.«

»Danke, Maddie«, sagte Jack Cooper. Er notierte sich etwas auf seinem Block und sah dann wieder zu Danny hinüber. »Dann beenden Sie bitte Ihren Bericht, Danny.«

»Ich bin so gut wie fertig«, sagte Danny und zeigte noch eine Reihe weiterer Bilder: Eine zwanghafte Wiederholung des immer gleichen hübschen jungenhaften Gesichtes, jedes Mal durch ein Messer oder Feuer geblendet.

»Wir haben das Polizeilabor eingeschaltet, aber die Kollegen haben nichts gefunden«, erklärte Danny. »In der Wohnung, die wir untersuchten, gibt es weder Wasser, noch Strom. Ich glaube also nicht, dass Shadow dort lebt. Er benutzte die Wohnung nur als sicheren Ort, an dem er seine Fotogalerie aufhängen und ungestört mit Spider verhandeln kann.«

Er drückte erneut auf die Taste und die verunstalteten Gesichter auf den Bildschirmen verschwanden.
Tara Moon schaltete das Licht ein.
»Okay«, fuhr Danny mit einem Blick auf seine Aufzeichnungen fort. »Was sagt uns das über Shadow? Ich schätze, dass er nicht allein lebt. Wenn ja, hätte er sich dieses Horrorkabinett an einem bequemeren Ort eingerichtet. Also wohnt er mit wenigstens einer weiteren Person zusammen. Vielleicht verheiratet? Oder eine Freundin? Mitbewohner? Mum und Pop? Wir wissen es nicht. So nahe wie bei diesem Einsatz sind wir Spider bislang noch nie gekommen – und es stinkt mir wirklich gewaltig, dass uns Shadow entwischt ist und wir dadurch diesem kranken Irren nicht näher gekommen sind.«
Danny sammelte seine Unterlagen ein und ging zu seinem Platz zurück.
»Die Art, wie Shadow diese Fotos verstümmelt hat, deutet darauf hin, dass er Mr Anderson nicht besonders mag«, stellte Jack Cooper trocken fest. »Die meisten Fotos zeigen ihn bei alltäglichen Verrichtungen. Shadow muss ihn also mit einem Zoom-Objektiv verfolgt haben.«
»Vielleicht ist Shadow ja ein so genannter Stalker«, schlug Danny vor. »Einer dieser Leute, die berühmte Leute zwanghaft verfolgen. Sie können ziemlich abgedrehte Sachen machen.«
»Oder Shadow kennt Anderson persönlich«, sagte Jack Cooper. »Wir müssen uns auf jeden Fall mit dem jungen Mann unterhalten. Vielleicht bekommen wir so ein paar Hinweise auf Shadows Identität.«
Tara Moon hob den Kopf. »Ich glaube, wir müssen dabei sehr vorsichtig vorgehen«, sagte sie. »Wenn Shadow *tatsächlich* jemand ist, den Will Anderson kennt, wird ihn die offizielle

Anwesenheit der Polizei natürlich abschrecken. Und dann stehen wir bei der Suche nach Spider wieder ganz am Anfang.«

»Da stimme ich Ihnen zu«, sagte Jack Cooper. Er sah seine Mitarbeiter an. »Irgendwelche Vorschläge?«

»Wir könnten vielleicht jemanden als Journalisten einschleusen«, meinte Alex. »Anderson wird denken, dass es sich um ein weiteres Interview im Vorfeld von Wimbledon handelt. So kämen wir problemlos an ihn und sein Umfeld heran.«

»Das ist gut«, sagte Cooper.

Maddie runzelte die Stirn. »Entschuldigung«, sagte sie. »Aber sollten wir Anderson nicht besser informieren?« Sie sah ihre Kollegen an. »Sollten wir ihm nicht sagen, dass irgendein Verrückter einen Auftragskiller auf ihn angesetzt hat? Dann wäre er wenigstens gewarnt.«

Section Leader Ken Lo, der mit Danny zusammen in dem Überwachungswagen unterwegs gewesen war, meldete sich zu Wort. »Da stimme ich nicht zu. Anderson muss sich ganz normal verhalten. Und das wird er nicht, wenn wir ihm sagen, dass ihn ein professioneller Killer im Visier hat. Wir müssen uns auf die Verfolgung von Shadow konzentrieren. Dann haben wir auch die Chance Spider zu fassen.«

»Aber unterdessen könnte Will Anderson umgebracht werden«, widersprach Maddie. »Können wir ihn nicht wenigstens irgendwie unter Schutz stellen, wenn wir es ihm schon nicht sagen?«

Jack Cooper schüttelte den Kopf. »Wir haben nicht die Mittel, ihn rund um die Uhr bewachen zu lassen, Maddie. Du weißt das.«

Maddie widersprach ihm nicht, fühlte sich aber nicht wohl dabei, die Dinge um Anderson so zu belassen. Sie verstand die

Gründe ihres Vaters, hielt es aber trotzdem für gefährlich, Will Anderson in seiner bedrohten Lage nicht beizustehen.

Alex hob seinen Kugelschreiber. »Ich glaube nicht, dass es von vornherein zu aufwändig wäre, wenn jemand längere Zeit ein Auge auf Anderson hätte«, sagte er. »Ich gehe davon aus, dass Shadow ihn tatsächlich kennt. Die Sache mit den herausgeschnitten Augen ist einfach zu persönlich. Sie ist grauenhaft – es muss sich um jemanden handeln, der ihn hasst. Ich glaube nicht, dass man jemanden, den man nicht persönlich kennt, so hassen kann.«

»Worauf wollen Sie hinaus?«, fragte Jack Cooper.

»Statt einen von uns für ein kurzes Interview zu ihm zu schicken, könnten wir doch auch dafür sorgen, dass jemand etwas länger bei ihm bleibt«, meinte er.

»Genau. Zum Beispiel für ein ausführliches Porträt für eine Zeitschrift«, warf Maddie ein. »Eine Story, bei der jeder Tag seiner Vorbereitungen für Wimbledon begleitet wird.« Sie blickte ihren Vater mit leuchtenden Augen an. »Wenn du meinst, dass das Zeitverschwendung ist, warum schickst du dann nicht jemanden hin, der hier nicht so wichtig ist?« Sie lächelte ihn hoffnungsvoll an. »Jemanden, der hier ein paar Tage fehlen kann, ohne allzu sehr vermisst zu werden?«

Jack Cooper musterte seine Tochter. Er wusste genau, worauf was sie hinauswollte.

Maddie war gespannt. Würde er zustimmen? Sie wusste, dass sie es schaffen könnte. Sie malte sich schon ihre Rolle als aufstrebende junge Journalistin aus, die für eine große Zeitschrift arbeitete. Vielleicht für »Marie Claire« oder die Sonntagsbeilage einer großen Tageszeitung.

Jack Cooper brauchte gerade einmal fünf Sekunden um Maddies Hoffnungen zunichte zu machen.

»Alex? Übernehmen Sie das«, sagte er. »Gehen Sie zu Anderson und geben Sie sich als freier Autor aus, der einen großen Artikel über ihn schreiben will. Versuchen Sie sein Vertrauen zu gewinnen. Sagen Sie ihm, dass Sie einige Tage mit ihm verbringen möchten – so haben Sie Zeit, ihn und sein Umfeld kennen zu lernen.«

Alex nickte. »Mach ich, Boss.«

Jack Cooper sah in die Runde seiner Mitarbeiter. »Und während Alex unterwegs ist, um den Pulitzer-Preis für Journalismus zu gewinnen, fährt der Rest von uns so lange doppelte Schichten, bis wir Spider haben«, sagte er schroff. »Die Sache hat höchste Priorität, Leute. Also, macht euch auf die Socken und durchkämmt die ganze Stadt. Das ist alles. Ihr könnt gehen.«

Papier raschelte und Stühle wurden zurückgeschoben, dann leerte sich der Raum.

»Maddie?«, fragte ihr Vater. Sie drehte sich zu ihm um. »Ich möchte gern noch kurz mit dir sprechen.«

Jack Cooper wartete, bis sie allein waren.

Dann sah er seine Tochter aus seinen grauen Augen lange ernst an. »Verstehst du, warum ich den Auftrag Alex gegeben habe?«, fragte er leise.

Sie nickte. »Weil du glaubst, dass Alex besser damit umgehen kann, wenn irgendetwas passiert«, sagte sie ruhig. »Und das stimmt ja auch.«

Nach einer kurzen Pause sprach ihr Vater weiter; es war jetzt kaum mehr als ein Flüstern. »Es gibt noch einen anderen Grund.«

»Ja, Dad. Ich weiß.« Sie lächelte und salutierte ironisch. »Trainee Officer Cooper bittet um die Erlaubnis, gehen zu dürfen und sich an die Arbeit zu machen«, sagte sie.

Ihr Vater lachte kurz auf. »Raus jetzt, Maddie.«
Als sie zu ihrem Arbeitsplatz zurückging, verschwand ihr Lächeln. Sie wusste genau, was der andere Grund war. Da draußen war ein gefährlicher Auftragskiller unterwegs – und Jack Cooper würde *eines* garantiert nicht tun: seine eigene Tochter den Kugeln dieses Killers aussetzen.
Sie verstand ihn voll und ganz. Und doch hoffte sie, dass sie eines Tages die Chance bekäme zu beweisen, dass sie auf sich selbst aufpassen konnte – zu beweisen, dass sie mit den anderen PIC-Mitarbeitern mithalten konnte.
Sie wusste, dass sie das konnte. Sie wusste, dass sie eine gute Polizistin werden würde.
Sie setzte sich an ihren Schreibtisch und nahm sich den Stapel mit neu eingegangenen Akten vor. Sie runzelte die Stirn. An Schreibkram fehlte es hier jedenfalls nie.
Seufzend griff sie nach der obersten Akte. Sie musste sich gedulden – aber ihre Zeit würde kommen.

Viertes Kapitel

Ein privater Tennisclub in Roehampton.
Eine Woche vor Turnierbeginn in Wimbledon.
Alex beobachtete Will Anderson durch einen Maschendrahtzaun. Er war kein großer Tennisfan, aber er wusste genug darüber, um die Klasse und Härte von Wills Schlägen zu bewundern.
Er verstand, warum die Zeitungen den jungen Mann zum neuen Tennisstar hochjubelten.
Nach einer Weile hob Will seinen Schläger und bat um eine Pause. Er trottete zum Rand des Spielfelds, nahm ein Handtuch und wischte sich das Gesicht ab. Er schwitzte stark und atmete schwer.
Alex verengte nachdenklich die Augen. Vielleicht war Will ja doch nicht so fit, wie er auf den ersten Blick schien. Ein wirklicher Champion hätte so eine kurze Trainingseinheit durchgestanden, ohne gleich in Schweiß zu zerfließen.
»Hi!«, rief Alex.
Will Anderson sah zu ihm hoch. Will sah blendend aus. Sein Gesicht war der Traum jeder Marketingabteilung, geradezu »gemacht« für Zeitungen und Zeitschriften.
»Hallo.« Will stand auf. »Bist du Alex?«
Alex nickte.
»Nur eine halbe Stunde«, rief Will seinem Trainingspartner zu und verließ den Spielplatz.

Die beiden jungen Männer gingen zusammen ins Clubhaus.
»James hat mir erzählt, dass du kommst«, sagte Will. »Für welche Zeitschrift arbeitest du noch mal?«
»Ich bin freier Autor«, antwortete Alex. »Aber die Newsweek hat großes Interesse an dem Porträt. Wenn ich alles Wichtige drin habe, besteht zudem die Möglichkeit die Story ins Ausland zu verkaufen.«
Will lächelte. »Und was ist alles Wichtige?«
»Die Inside-Story«, sagte Alex und lächelte zurück. »Der wirkliche Will Anderson. Eine Story mit reichlich Glamour und Skandalen. Die Höhen und Tiefen deines bisherigen Lebens. Geheime Informationen über deine geheimen Supermodel-Freundinnen. Solches Zeug.«
Will schüttelte den Kopf. »Tut mir Leid«, sagte er, »James' Trainingsplan lässt mir leider keine Zeit für Supermodel-Freundinnen. Das ist langweilig, ich weiß – aber Wimbledon steht kurz bevor und ich tu wirklich nichts anderes, als trainieren und schlafen. Vor vier Monaten habe ich mich von meiner Freundin getrennt. Sie war übrigens kein Supermodel.«
»Ich habe sogar schon einen Titel für das Porträt«, sagte Alex. »*Wills Wille zum Sieg* – was hältst du davon?«
Will verzog das Gesicht. Alex lachte. »Na ja, ich arbeite noch dran«, sagte er. Er wollte gerade Wills jüngsten gewaltigen Karriereschub ansprechen, als sie unterbrochen wurden.
Eine Tür ging auf und ein Mann kam in den Empfangsbereich des Clubhauses. James Anderson war größer und dünner als sein Bruder. Er sah gut aus und hatte die gleichen dunkelbraunen Augen wie Will. Aber sein kantiges Gesicht hatte nicht die jungenhaften Züge, die Will überall so populär machten, dachte Alex.

James kam zu ihnen herüber und schüttelte Alex mit einem warmen Lächeln die Hand. Alex fragte sich, ob er jeden Fremden, der mit seinem Bruder sprechen wollte, so herzlich begrüßte.

»Schön dich kennen zu lernen«, sagte James. Er warf Will einen Blick zu. »Alles okay?«

»Ja, klar«, antwortete Will. »Alex will alles über mein Liebesleben erfahren.«

James grinste Alex an und zog seine Augenbrauen in gespielter Ratlosigkeit hoch.

»Da wirst du nicht viel finden, fürchte ich«, sagte er. »Will ist ausschließlich ins Tennis verliebt.«

»Gute Bemerkung«, sagte Alex. »Die baue ich in meinen Artikel ein.«

»Wie viele Tage möchtest du mit uns verbringen, Alex?«, fragte James. Er zog ein Handy aus der Tasche und sah Alex fragend an; sein Daumen schwebte wartend über der Tastatur.

»Drei oder vier Tage wären gut«, antwortete Alex. »Wenn das okay ist.«

»Kein Problem«, sagte James und drückte eine Schnellwahltaste seines Handys. »Ich rufe nur schnell Rufus an und sage ihm, dass du hier bist.«

✵

»Wer ist denn Rufus?«, fragte Maddie.

Maddie, Alex und Danny saßen in der PIC-Kantine unter dem Dach des Centrepoint-Gebäudes. Die breiten Fenster boten ein atemberaubendes Panorama der Londoner Skyline, die unter einem klaren blauen Himmel schimmerte.

Alex berichtete seinen Kollegen über sein erstes Treffen mit den Anderson-Brüdern.
»Rufus Hawk ist Wills neuer Hauptsponsor«, erklärte Alex. »Ihm gehört seit neuestem ›Moonrunner‹.«
»Der Sportartikelhersteller?«, fragte Danny. »Das bedeutet jede Menge Kohle, was?«
Alex nickte. »Scheint so«, sagte er. »James sagt, dass Hawk eine ganze Reihe von Werbeaktionen plant. Am Donnerstag findet zum Beispiel eine offizielle Einführungsparty statt, wo das Zusammengehen von Will und ›Moonrunner‹ bekannt gegeben wird. Auf einem Schiff auf der Themse.« Alex lächelte. »Ich bin eingeladen worden und kann auch ein oder zwei Freunde mitbringen, wenn ich will. Rufus möchte, dass so viele Leute wie möglich kommen – na ja, vor allem natürlich irgendwelche Berühmtheiten, aber ihr beide werdet's auch tun, denke ich«, fügte er mit einem Grinsen hinzu. »Ich glaube, er versucht mit dem Event die Will-Anderson-Mania in Gang zu setzen.« Er sah seine Kollegen an. »Also, kommt ihr?«
»Klar, warum nicht?«, fragte Danny. »Wenn es irgendwo Essen und Trinken umsonst gibt, bin ich immer dabei.«
»Ich passe«, sagte Maddie. »Als Tennisgroupie sehe ich mich dann doch nicht. Aber erzähl uns doch noch was über Will Anderson. Hat er irgendetwas gesagt, was uns einen Hinweis auf Shadow geben könnte?«
Alex schüttelte den Kopf. »Bis jetzt noch nicht«, sagte er. »Aber bis Ende der Woche werde ich besser über die Leute Bescheid wissen, mit denen er herumhängt. Da ist zum Beispiel seine Exfreundin. Sonia Palmer. Sie waren sechs Monate zusammen. Will hat sich letztes Jahr von ihr getrennt. Er sagte, sie hätte zu viel seiner Zeit beansprucht.«

»Klingt ziemlich rücksichtslos«, sagte Maddie.
»Wenn es ums Tennis geht, scheint er das zu sein«, gab Alex zu.
»Und wie ist er sonst so?«, fragte Maddie.
»Das ist nach einer einzigen Begegnung schwer zu sagen, aber er scheint ein netter Kerl zu sein.« Alex sah nachdenklich vor sich hin. »Wenn ich wirklich einen Artikel über ihn schreiben sollte, würde ich mich auf sein Verhältnis zu seinem Bruder konzentrieren. Es scheint eine ziemlich starke Verbindung zwischen ihnen zu bestehen. Es dürfte eigentlich nicht gerade leicht sein, den eigenen Bruder als Coach zu haben – aber die beiden kommen offenbar gut damit klar. James ist geradezu besessen davon, dass sein Bruder Will die ganz große Karriere macht. Er sagte mir, dass es sein Ziel sei, Will am Ende von Wimbledon unter den ersten zehn der Tennis-Weltrangliste zu sehen.« Er zuckte die Achseln. »Allerdings bin ich davon nicht so ganz überzeugt«, fügte er hinzu. »Ich hab Will beim Training zugeschaut. Ich glaube nicht, dass er es schaffen kann. Er schein mir nicht gerade topfit für ein Turnier dieser Größenordnung.«
»Viele Leute werden enttäuscht sein, wenn er bereits in einer der ersten Runden rausfliegt«, meinte Maddie. »Meine Freundin Laura zum Beispiel wird am Boden zerstört sein.«
Alex nickte nachdenklich. »Und sie wird nicht die Einzige sein«, sagte er. »Rufus Hawk wird ziemlich sauer sein, wenn seine Gans keine goldenen Eier legt. Auf Wills Schultern lastet eine ganze Menge investiertes und erhofftes Geld.«
Maddie fragte sich, wie man sich wohl fühlte, wenn so übergroße Erwartungen an einen gestellt wurden. Der Erfolgsdruck musste unerträglich sein. Und als wäre das noch nicht genug, hatte der junge Sportler auch noch einen geheimen

Feind – jemanden, der ihn so sehr hasste, dass er einen Auftragskiller auf ihn angesetzt hatte.
Wenn sie darüber nachdachte, beneidete sie Will Anderson kein bisschen.

✳

Maddie lebte mit ihrem Vater und ihrer Großmutter in einem Appartementblock, von dem aus man das nördliche Ende des Regents Parks überblicken konnte. Von ihren Wohnzimmerfenstern konnte man die niedrigen baumgesäumten Gebäude und Gehege des Londoner Zoos erkennen. An diesem Abend kam ein warmer Wind von Süden her. Das Fenster und die Tür zu dem schmalen Balkon, der mit Topfpflanzen voll gestellt war, standen offen.
Maddies Großmutter war draußen. Sie kniete auf einem plastiküberzogenen Kissen und drückte Blumenerde in einem Terrakottakübel fest. Neben ihr lag ein Tablett mit dicht blühenden Setzlingen.
Maddie saß drinnen auf dem Fensterbrett und hatte ihre nackten Füße auf die Rückenlehne der Couch gestellt. Während sie mit Laura telefonierte, beobachtete sie einen leuchtend gelben Motorroller, der sich unten auf der Straße durch den Verkehr schlängelte. Laura hatte es irgendwie geschafft, eine Eintrittskarte für den ersten Tag des Wimbledon-Turniers zu ergattern und konnte es kaum erwarten, Maddie davon zu erzählen.
»Und wenn ich wirklich Glück habe«, sagte Laura gerade, »kann ich bei einem Spiel von Will zuschauen. Wenn das klappt, lasse ich mir auf jeden Fall ein Autogramm geben. Der Typ kommt garantiert ganz groß raus!«

Maddie lachte. »Ich hätte Alex sagen sollen, dass er dir eine Eintrittskarte für die Einführungsparty gibt«, sagte sie. »Es hätte dir sicher gefallen.«

»Was für eine Party?«, fragte Laura. »Und was für Eintrittskarten? Wovon redest du?«

»Einer der Jungs, mit denen ich bei der PIC zusammenarbeite, ist für morgen Abend zu einer Fete bei Will Anderson auf der Themse eingeladen«, erklärte Maddie. »Will hat gerade einen Vertrag mit einem neuen Hauptsponsor unterzeichnet und …«

»Ich weiß!«, unterbrach sie Laura. »Mit ›Moonrunner‹. Ich habe eine Jogginghose von denen. Aber Moment mal! Hast du gerade gesagt, du kennst jemanden, der Will treffen wird – und hattest es nicht nötig mir das zu sagen?«

»Sorry«, sagte Maddie, »hab nicht dran gedacht. Ich war auch eingeladen, aber es hat mich nicht besonders gereizt.«

Maddie grinste vor sich hin, als ihre Freundin verächtlich schnaubte.

»Jetzt hör mir mal zu, Maddie«, sagte Laura entschieden. »Du musst zu der Party gehen und mir Wills Autogramm besorgen – *und* ein Foto und alles sonstige Zeug, das sie dort umsonst austeilen werden, auch wenn dich das nicht ›besonders reizt‹! Komm schon, du weißt, das ich das auch für dich tun würde!«

»Okay, okay«, beschwichtigte sie Maddie. »Ich geh zu der Party. Und ich besorge ein Autogramm. Aber das ist ein totaler Albtraum für mich – was bedeutet, dass du mir einiges schuldig bist!«

»Maddie Cooper, ich liebe dich!«

»Ach, halt die Klappe.«

Maddie seufzte. Das hatte ihr gerade noch gefehlt – einen ganzen Abend bei irgendeiner durchgeknallten »medienfreundlichen« Sause mit dutzenden von sensationsgeilen Paparazzi auf ein Schiff gesperrt zu sein.

Andererseits geschah es ihr auch recht, dachte sie. Schließlich hätte sie Laura nichts von Will Andersons Einführungsparty erzählen müssen. Sie hätte wissen müssen, wie verrückt Laura nach Will war. Letztlich konnte sie sich also sogar glücklich schätzen, dass Laura nicht darauf bestanden hatte mit zu der Party zu gehen, egal ob sie eingeladen war oder nicht! Sie hoffte jetzt nur, dass der Abend nicht allzu öde würde. Will kennen zu lernen wäre ja okay, aber Maddie befürchtete, dass sie und die beiden Jungs in der Menge der Journalisten und Selbstdarsteller, die um den großen Star herumschwirrten, einfach untergehen würden.

Fünftes Kapitel

Die Vergnügungsjacht glitt hell erleuchtet die Themse hinunter. Die Hauptkabine nahm fast die ganze Länge des Schiffes ein und besaß zu beiden Seiten große Panoramafenster. Der Raum war brechend voll mit jungen Journalisten und »Moon runner«-Gefolgsleuten, die die Designerklamotten der Sportfirma mit kunstvoller Beiläufigkeit zur Schau trugen. Es herrschte ein unglaublicher Lärm. In einer Ecke stand ein DJ hinter zwei Plattenspielern und jagte Musik durch 500-Watt-Boxen. An einer Seite des Raumes standen Tabletts, auf denen sich verschiedenste Häppchen stapelten. Es gab keine Sitzgelegenheiten und auch an Tanzen war in der Enge nicht zu denken. Noch nicht einmal an Atmen.

Maddie hatte beschlossen sich darauf zu konzentrieren, nicht von Leuten totgetrampelt zu werden, die sich mit Gewalt ihren Weg von einem Ende des Raums zum anderen bahnten – und Danny und Alex bei dem ohrenbetäubenden Krach von den Lippen abzulesen, was sie zu ihr sagten.

»Tolle Party«, brüllte ihr Danny ins Ohr.

Maddie war überrascht. Sollte das ein Witz sein? Jemand rempelte sie am Ellenbogen an und sie hätte fast ihren Drink verschüttet.

Alex hielt seinen Mund ganz nahe an Maddies Ohr. »Ich gehe Will suchen«, brüllte er.

Sie nickte.

Er stürzte sich ins Gedränge und war gleich darauf verschwunden.
»Ich brauche ein bisschen frische Luft!«, rief Maddie Danny zu und deutete in Richtung Schiffsbug.
Sie kämpfte sich durch die Menge zu der Flügeltür, die auf das dreieckige Vorderdeck führte.
Ein kühler Luftzug strich ihr durch die Haare. Hier draußen standen nur wenige Leute und plauderten unter einer Segeltuchmarkise. Alex und Danny waren vor einer knappen Stunde an Bord gekommen, inzwischen war es fast dunkel geworden. In den Gebäuden beiderseits der Themse leuchteten tausende winzige orangefarbene und weiße Lichter. Ein Stück weiter vorn sah sie ganze Blöcke weißer Lichtpunkte – die Hochhäuser der Innenstadt. Davor erkannte sie die ornamentverzierten, gotischen Pfeiler der Albert Bridge, die nach Einbruch der Dunkelheit theatralisch mit sanftem, weißem Licht angestrahlt wurde.
Maddie sah auf den Fluss hinunter und beobachtete, wie sich der Schiffsbug durch das schwarze Wasser grub, das links und rechts in weißen Schaumfontänen wegspritzte. Plötzlich war ihr kalt. Als sie sich umdrehen wollte, um in die Kabine zurückzugehen, stieß sie mit jemandem zusammen, der mit dem Rücken zu ihr dagestanden hatte.
»Hoppla. Entschuldigung«, sagte sie.
Er wandte sich um und lächelte. »Kein Problem«, sagte er. Er war groß und hatte ein nettes, kantiges Gesicht. »Amüsierst du dich gut?«
Sie lächelte müde. »Ach, nicht unbedingt«, gab sie zu. »Es ist ein bisschen eng da drin.«
Er lachte. »Das kannst du laut sagen. Es ist wie bei der Fütterung im Zoo. Jeder will heute Abend ein Stück von Will An-

derson haben. Am Ende wird nicht viel von ihm übrig bleiben.«

»Aber es macht ihm sicher Spaß«, meinte Maddie. »Sonst würde er doch nicht mitmachen.« Sie zuckte die Achseln. »Ehrlich gesagt, verstehe ich nicht, was das ganze Brimborium soll. Er mag ja ein guter Tennisspieler sein – aber *so* bedeutend ist er nun auch wieder nicht, oder?«

Der groß gewachsene junge Mann lächelte. »Manche Leute scheinen das zu denken.« Er straffte seine Schultern. »Okay, ich gehe dann besser wieder rein«, sagte er. »Einen schönen Abend noch.«

»Dir auch.«

Der Mann schob die Flügeltür auf und war gleich darauf verschwunden. Kurz danach erschien ein bekanntes Gesicht in der Tür. Es war Danny.

»Da drin wird es immer heißer«, sagte er und fächelte sich mit einem Werbeprospekt von „Moonrunner" Luft zu. »War das James Anderson, mit dem du gerade gesprochen hast?«

Maddie starrte ihn erschrocken an und hielt sich die Hand vor den Mund. »Oh nein – das war er nicht, oder?«

»Ich bin mir ziemlich sicher, dass er es war«, meinte Danny. »Alex hat ihn mir vorhin in der Menge gezeigt.« Er grinste. »Was hast du zu ihm gesagt?«

Maddie zog verlegen eine Grimasse. Sie beschrieb Danny die Unterhaltung. Der fand das alles sehr komisch.

»Ich muss hingehen und mich entschuldigen«, sagte sie. »Und danach stürze ich mich am besten in den Fluss.«

Danny folgte ihr in den überfüllten Raum. James Anderson war nirgends zu entdecken. Man hatte die Musik leiser gestellt, sodass jetzt schon fast eine normale Unterhaltung möglich war. Sie stießen auf Alex. Er stand bei einem dünnen, bleichgesichtigen Mann mit roten, lockigen Haaren und einer rot getönten Sonnenbrille. Er trug einen teuren Maßanzug, der seiner schlacksigen Figur schmeichelte und Bände über sein Bankkonto sprach. Er trug an beiden Händen reichlich Schmuck. Maddie hatte sofort den Eindruck, dass er sehr von sich eingenommen zu sein schien.

»Es war schön Sie kennen zu lernen, aber jetzt muss ich los«, sagte der Mann gerade. Er schüttelte Alex die Hand, doch sein Blick wanderte bereits auf der Suche nach dem nächsten Gesprächspartner durch den Raum – sehen und gesehen werden. »Ich darf meine Gäste nicht vernachlässigen. Muss noch ein paar Leute sprechen und einige Geschäfte tätigen.« Er bahnte sich mit einem gekünstelten Lächeln einen Weg durch die Menge. Maddie erinnerte er an einen hungrigen Hai.

»Woher kommt der denn?«, fragte sie Alex. »Vom Planet Ego?«

»Wahrscheinlich«, sagte Alex. »Das war Rufus Hawk.«

»Der Boss von ›Moonrunner‹?«, fragte Danny. »Tja, Maddie – du hast soeben einen Multimillionär kennen gelernt. Und, was meinst du?«

»Kein Kommentar«, sagte Maddie knapp.

»Multimillionär ist er doch nur auf dem Papier«, sagte Alex. »Wenn ›Moonrunner‹ nicht einschlägt, verliert er über Nacht den größten Teil seines Vermögens.«

»Ich habe gehört, dass er seine Finger auch in anderen Sachen drin hat«, warf Danny ein. »Zum Beispiel im Grundstücksgeschäft, wenn ich mich recht erinnere – zumindest war er vor einigen Jahren auch als Makler tätig.«

»Wie dem auch sei – ich möchte lieber nichts mit ihm zu tun haben«, sagte Maddie. »Er hat einen falschen Blick.«

»Einen falschen Blick – und ein dickes Bankkonto«, sagte

Danny. »Jedenfalls hat Will Anderson durch seinen Sponsoring-Vertrag erst einmal ausgesorgt.«

»Wo ist Will eigentlich?«, fragte Maddie. »Ich hab ihn noch gar nicht gesehen. Ich soll doch ein Autogramm von ihm besorgen.«

»Komm mit«, sagte Alex. »Ich stell euch vor.«

»Und ich muss zu James«, fügte sie hinzu.

»Warum?«

»Frag lieber nicht.«

Alex hatte Will schnell gefunden. Er stand an einer Tür, hinter der einige polierte Holzstufen zum Unterdeck führten. Er hielt einen halb vollen Becher in der Hand und beäugte skeptisch dessen Inhalt.

»Hallo, Will«, sagte Alex. »Wie geht's denn?«

Will sah auf. Als er Alex erkannte, schien er sich etwas zu entspannen und warf ihm dann einen erschöpften Blick zu. »Ich hasse das alles«, sagte er. »Ich komm mir vor wie in einem Goldfischglas.« Er schaute Maddie an. »Jetzt weiß ich, warum Rufus ein Schiff für seine Einführungsparty ausgesucht hat – damit ich nicht abhauen kann.« Er lachte und verdrehte die Augen.

Maddie lachte ebenfalls. »Ich tu's ja nicht gern«, sagte sie. »Aber ich hätte gern ein Autogramm von dir. Es ist für eine Freundin. Sie bringt mich um, wenn ich ihr keines mitbringe«, sagte sie seufzend. »Du hast wahrscheinlich keine unterschriebenen Fotos vorbereitet, oder?«

»Doch, sogar stapelweise«, antwortete Will. »Ich hab das alles schon dermaßen satt – und die große Werbekampagne hat noch nicht mal begonnen.« Er lächelte Maddie schief an. »Wenn Rufus sich durchsetzt, wird mein dummes Gesicht bald überall zu sehen sein. Kannst du dir das vorstellen?« Er lachte erneut. »Ich will doch eigentlich nur Tennis spielen – wie konnte ich mich nur auf all das einlassen?«

»Das ist eben auch ein Teil des Wegs zum Ruhm«, sagte Alex. »Gewöhn dich besser schon jetzt daran, Will.«

»Du hast Recht«, seufzte Will.

Ihm schien die ganze Situation überhaupt nicht zu behagen. Maddie gefiel es, dass er nur so widerwillig Kapital aus seiner Popularität schlug. Allerdings schämte sie sich dadurch noch mehr für das, was sie zu James gesagt hatte. Sie musste ihn unbedingt finden und sich entschuldigen.

Der heiße und laute Abend ging weiter. Danny mischte sich unter die Leute und hörte mal hier und mal da den Geschäftsgesprächen zu, die überall in der großen Kabine stattfanden. Es kam ihm vor, als ob jeder der Anwesenden seinen Teil von Will Anderson abhaben wollte. Danny fragte sich, ob überhaupt genug Will „vorhanden" war, damit es für alle reichte.

Alex blieb jetzt in Wills Nähe und musterte verstohlen jeden, der sich ihm näherte. Vielleicht fiel ja irgendeine Bemerkung oder es gab sonst einen Hinweis, der darauf hindeutete, dass es sich um Shadow handelte.

Dann kamen James und Rufus Hawk zu ihnen herüber.

»Was machen Sie hier?«, fragte Rufus Will. »Sie sollten jetzt eigentlich hier im Raum unterwegs sein und sich den Leuten zeigen. Ich kann nicht alles alleine machen.«

»Ich bin müde«, antwortete Will. »Ich brauch mal 'ne Pause.«

»Die können Sie haben, wenn die Show vorüber ist«, sagte Rufus. »Sie gehen jetzt sofort los und ziehen sich um.« Er schaute James an. »Und Sie auch, okay? Die Sachen liegen in einer Kabine da hinten bereit. Kommen Sie, sobald Sie umgezogen sind, wieder zu mir. Ich hole mir so lange ein Mikrofon. Ich habe eine wichtige Ankündigung zu machen.«

Rufus Hawk verschwand wieder in der Menge.

»Wir müssen uns jetzt Sportkleidung von ›Moonrunner‹ anziehen«, erklärte Will Alex. Er klang erschöpft und hatte dunkle Ringe unter den Augen. »Dann kommen die Fotografen und danach können wir endlich alle nach Hause.«

Die beiden Brüder wollten gerade die Treppe zu den kleinen Kabinen im Schiffsheck hinuntergehen, als sie Maddie aufhielt.

»Entschuldigung, James«, sagte sie. »Dürfte ich ganz kurz mit dir sprechen?«

»Ich komm gleich nach«, sagte James zu Will und wandte sich dann Maddie zu. »Oh, hallo, wir kennen uns ja bereits.«

Maddie wirkte verlegen und ging mit James zu einer relativ ruhigen Ecke im hinteren Teil der Hauptkabine.

James lächelte.

»Ich komm mir vor wie ein totaler Idiot«, sagte sie. »Als ich mich vorhin mit dir unterhalten habe, hatte ich keine Ahnung, wer du bist.«

James lachte. »Kein Problem«, sagte er. »Ich hab wirklich schon Schlimmeres gehört. Und außerdem hätte Will dir wahrscheinlich sogar zugestimmt.«

Maddie lächelte zurück. Sie war erleichtert, dass James die Sache so locker sah. Sie konnte nicht anders, als beide Anderson-Brüder zu mögen. Sie schienen sich überraschend wenig von dem Medienzirkus verrückt machen zu lassen, der um sie herum tobte.

Auf der anderen Seite der Hauptkabine stellte der DJ jetzt die

Musik leise und Rufus Hawk trat mit einem Mikrofon hinter den Plattenspielern hervor.

»Ladys und Gentlemen – wenn Sie mir bitte kurz zuhören würden.« Das Gesumm der Unterhaltungen wurde langsam schwächer. »Danke. Zuerst einmal möchte ich Ihnen danken, dass Sie heute Abend so zahlreich hierher gekommen sind. Wir alle wissen, warum wir hier sind – um den Sponsoringvertrag zwischen ›Moonrunner‹ Sportswear und einem der größten jungen britischen Sportler zu feiern – Will Anderson. Will und James werden gleich da sein und Ihnen die neueste ›Moonrunner‹-Kollektion präsentieren. Doch inzwischen habe ich noch eine andere wichtige Ankündigung für Sie ...«

Maddie und James drehten sich um und hörten zu.

»Was will er ankündigen?«, fragte Maddie.

»Keine Ahnung«, sagte James.

»Der Sponsoringvertrag mit ›Moonrunner‹ Sportswear stellt einen entscheidenden Wendepunkt in Wills Karriere dar«, fuhr Rufus Hawk fort. »Er wird dadurch in der Lage sein, in die Spitze der Tennis-Weltrangliste vorzustoßen. Um dies noch weiter zu fördern, habe ich einen der weltbesten Tennistrainer für Wills Team engagiert. Sie alle kennen seinen Namen – er hat einige der besten Spieler der internationalen Szene trainiert. Ich spreche über niemand anderen als über Lars Johansson. Er wird morgen aus Dänemark eingeflogen werden und Wills Vorbereitungen für Wimbledon mit ganz neuen Trainingsmethoden unterstützen. Mit Lars in unserem Team bin ich noch fester davon überzeugt als zuvor, dass Will Andersons Name am Ende der zwei Wochen von Wimbledon auf dem Siegerpokal stehen wird!« Ein kurzes Murmeln ging durch die Menge, gefolgt von lautem Applaus.

Maddie warf James einen Blick zu. Er sah völlig überrascht

aus. Er applaudierte nicht. Es war auf eine brutale Weise offensichtlich, dass er nichts von Lars Johanssons Engagement gewusst hatte. Er war also nicht länger Wills Coach – aber was für eine Art und Weise das zu erfahren!

Einige der Umstehenden wandten sich zu James um. Maddie merkte, welche Anstrengung es ihn kostete, sich ein Lächeln abzuringen. Dann begann auch er zu klatschen. Seine Haltung beeindruckte Maddie. Die Ankündigung von Rufus Hawk musste ihn eigentlich vernichtet haben.

✱

Unter Deck sah Alex, wie Will durch eine Tür am Ende des Ganges trat. Instinktiv folgte er ihm. Die Tür schloss sich leise hinter ihm und schnitt sie vom restlichen Geschehen auf Deck ab. Alex stand in einem engen Gang, von dem drei Türen abgingen.

Will stand auf der einen Seite in einer offenen Tür. Er wollte das Licht anknipsen, doch Alex sah vom Gang aus, dass es in der kleinen Kabine dunkel blieb.

»Probleme?«, fragte Alex.

»Keine Glühbirne«, sagte Will. »Na klasse. Dann dürfen wir uns im Dunkeln umziehen.« Er schaute über Alex' Schulter zu der Tür, die zum Gang hinausführte. »Wo ist James?«

»Ich glaube, Maddie wollte noch kurz mit ihm sprechen.«

Will sah ihn an. »Kann ich dir etwas streng Vertrauliches sagen, Alex?«, fragte er. Er klang müde.

Alex nickte.

»Etwas stimmt nicht mit mir«, sagte er leise. Er blickte auf seine Hände. Alex hatte den Eindruck, dass er sich geradezu verzweifelt anhörte. »Ich weiß nicht, was es ist. Es macht mich ganz verrückt. Dauernd bin ich müde. Und meine Reaktionen sind merkwürdig verzögert. Wenn ich mich nicht bald aus diesem Sumpf herausziehe, gehe ich in Wimbledon mit fliegenden Fahnen unter.«

Er zuckte die Achseln und betrat die dunkle Kabine.

Alex folgte ihm.

Die Tür schlug hinter ihnen zu. Jetzt war es stockdunkel im Raum.

Instinktiv drehte sich Alex um. Was war das?

Er hörte Will hinter sich aufstöhnen, dann die Geräusche eines Handgemenges. Sie waren in einen Hinterhalt gelockt worden! Alex hechtete zur Tür – er brauchte Licht. Er stieß mit irgendetwas zusammen. Hände griffen nach ihm. Er teilte einen harten Schlag aus, etwa auf Bauchhöhe. Er hörte ein Keuchen. Weitere Hände griffen nach ihm und versuchten seine Arme festzuhalten. Er schüttelte die Angreifer ab und griff nach der Türklinke.

Er zog die Tür einen Spalt weit auf und schaute in ein erschrecktes Gesicht. Ein massiges Gesicht, unrasiert, mit kurzen Stoppelhaaren und stark hervortretenden Augen.

Dann trat jemand gegen die Tür – Alex wurde die Klinke aus der Hand gerissen. Zwei Männer stürzten sich auf ihn und warfen ihn zu Boden. Es dröhnte ihm in den Ohren, als sein Kopf auf die Holzbohlen schlug. Eine Explosion roten Lichtes hinter seinen Augen. Er war benommen und wusste doch, dass ihm nur noch wenige Sekunden zum Handeln blieben.

Er hörte eine ruhige und beherrschte Stimme: »Verletzt sie nicht.«

Jemand presste ihm ein Knie in den Rücken und drehte ihm die Arme nach hinten. Die Angreifer mussten einige Zeit in der dunklen Kabine auf sie gewartet haben – ihre Augen hatten sich bereits an die Dunkelheit gewöhnt. Sie waren klar im Vorteil.

Alex hätte sich dennoch auf die Auseinandersetzung mit ihnen eingelassen. Aber wenn er den Kampf aufgenommen hätte, wäre Will vielleicht verletzt worden. Das wollte er nicht riskieren.

Sekunden später wickelte jemand Alex ein schmales Band um die Handgelenke und zog es fest an. Damit hatte sich die Aussicht auf Flucht erledigt. Er wurde auf die Füße gezogen und bekam eine Stofftüte über den Kopf, die um seinen Hals zugezogen wurde. Dann stießen sie ihn aus der Kabine vor sich her – und zwar nach links, zu dem kleinen Unterdeck am Schiffsheck.

Er spürte einen kühlen Wind. Von oben, aus der Hauptkabine, hörte er schwachen Applaus herunterdringen. Er wand sich in den Händen, die ihn festhielten, und versuchte sich zu befreien.

»Hör auf damit«, sagte eine kalte Stimme. »Vertrau mir. Niemand wird verletzt. Aber du musst tun, was man dir sagt.«

Irgendwo unter ihnen hörte er ein leises Rufen. »Okay, ich bin so weit. Lass sie runter. Vorsichtig.« Alex konnte das Themsewasser gegen die Jacht schwappen hören.

Ihm war klar, was hier vor sich ging.

Will und Alex wurden von der Jacht auf ein anderes Boot gebracht.

Sie wurden entführt.

Sechstes Kapitel

Rufus Hawks überraschende Ankündigung war Anlass für jede Menge Spekulationen in der überfüllten Hauptkabine. Überall wurde die Nachricht von Lars Johanssons Engagement diskutiert, jeder wollte sehen, wie Will darauf reagierte.

»Es tut mir Leid, Ladys und Gentlemen«, rief Rufus über den Lärm der Stimmen. »Ich habe keine Ahnung, wo Will und James bleiben. Ich bin aber sicher, dass sie jeden Moment hier sein werden.«

Im hinteren Teil der Kabine warf Maddie dem neben ihr stehenden James einen Blick zu. Er presste wütend die Kiefer aufeinander, tat aber sein Bestes, um den Schock zu verbergen. Er tat Maddie Leid.

»Ich gehe schnell nach hinten und schaue nach ihnen«, sagte Rufus Hawk in sein Mikrofon. Offensichtlich hatte er nicht bemerkt, dass James die Ankündigung ebenfalls gehört und die schlechte Nachricht auf diese Weise erfahren hatte.

Rufus Hawk durchquerte die Hauptkabine in Richtung der polierten Holztreppe.

James' Augen funkelten. Er machte eine Bewegung, als wollte er Hawk abfangen. Aber Maddie legte ihm eine Hand auf den Arm. Er hielt inne und Hawk verließ die Kabine.

Maddie sah James mitfühlend an. »Du hast nichts davon gewusst, stimmt's?«, fragte sie.

James' Augen verengten sich zu Schlitzen. »Der Typ geht

wirklich ran, was?«, flüsterte er. »Er hat keine einzige Sekunde verloren, seit er der Chef ist. Die Tinte auf dem Vertrag ist noch nicht mal getrocknet.«
»Solche Entscheidungen kann er doch sicher nicht treffen ohne dich zu fragen?«, entgegnete Maddie.
James sah sie an. »Offenbar hat er das aber gerade getan.«
Maddies Erwiderung wurde von einem Ruf unterbrochen.
»Sie sind nicht da!« Es war Rufus Hawk. Er stand mit einem leicht panischen Gesichtsausdruck in der Tür. »Will und James sind nicht mehr auf dem Schiff. Irgendetwas muss ihnen zugestoßen sein. Wir müssen die Polizei rufen!«
Unter den Partygästen entstand ein betretenes Schweigen.
James stürzte auf Rufus Hawk zu und packte ihn am Revers. »Was zum Teufel reden Sie da?«, fragte er ihn. »Was ist hier eigentlich los?«
Hawk starrte ihn ungläubig an. »Ich … ich dachte … Sie und Will …«, stammelte er.
Danny, der sich an der anderen Seite der Kabine befand, reagierte sofort. Er drängte sich an den beiden Männern vorbei, eilte die Treppe hinunter und stürzte dann zu dem Gang im Schiffsheck. Eine Kabinentür stand offen. In der Kabine war es stockdunkel. Danny brauchte keine halbe Minute, um festzustellen, dass weder in dieser noch in der benachbarten Kabine jemand war. Also stieß er die dritte Tür auf und gelangte auf das offene Deck.
Er rannte zum Heck. Auf dem Fluss schimmerte das sich ausbreitende Kielwasser weiß. Danny sah auf die Wasseroberfläche. In der Ferne kräuselten sich zwei Bahnen, Danny erkannte einen dunklen Fleck. Ein Boot. Ein kleines Motorboot, das sich schnell den Fluss hinunter entfernte und eine breite Spur weißen Schaums hinterließ.

Das Boot rauschte auf das Dunkel unter der Westminster Bridge zu und verschwand in der Nacht.
Danny hielt sich an der Reling fest und schaute über den Fluss. Er hatte gesehen, dass Will zu den Kabinen im Schiffsheck gegangen war und Alex ihm folgte.
Er zog sein Handy aus der Innentasche seiner Jacke, drückte eine Schnellwahltaste und hielt sich das Handy ans Ohr.
Eine direkte Verbindung zur PIC-Zentrale.
»Hier Danny«, sagte er. »Wir haben ein Problem.« Seine Augen verengten sich zu Schlitzen. »Ich glaube, man nennt das *Kidnapping!*«

✵

Alex saß mit auf den Rücken gefesselten Händen im Heck des Motorbootes. Sein Kopf steckte nach wie vor unter der Stofftüte. Der Fahrtwind riss an seinen Kleidern, als das Boot durch das Wasser schoss. Er war bis in die Fingerspitzen angespannt – bereit sofort jede Situation zu nutzen, Will und sich aus dieser Lage zu befreien.
Nicht, dass er wirklich die Möglichkeit dazu gehabt hätte. Die Entführer unterhielten sich kaum miteinander. Aber nach den Geräuschen, die sie in dem kleinen Boot machten, schätzte Alex, dass es mindestens vier sein mussten.
Er dachte angestrengt nach. Die Entführer mussten irgendwann nach Einbruch der Dunkelheit an Bord des Themseschiffes geklettert sein und sich in der kleinen Kabine versteckt haben. Sie hatten die Birne aus der Fassung gedreht und dann abgewartet – was bedeutete, dass sie gewusst haben mussten, dass Will und James irgendwann an diesem Abend dort hineingehen würden.

Es war offensichtlich, dass nicht Alex, sondern die beiden Anderson-Brüder die Zielpersonen gewesen waren. Und eigentlich ging es vor allem um Will – für ihn würde ein hohes Lösegeld gezahlt werden. James hatten sie wahrscheinlich nur entführt, damit er nicht gleich um Hilfe rufen konnte.
Alex lächelte grimmig vor sich hin. Nur hatten diese Typen nicht *James* entführt – sie hatten aus Versehen einen PIC-Officer geschnappt. Das würde, wenn Alex erst einmal frei wäre, ein doppelt übles Nachspiel für sie haben.
Angesichts des starken Fahrtwinds schätzte Alex, dass sie sehr schnell fuhren. Also wäre es nicht besonders klug, jetzt schon einen Befreiungsversuch zu machen. Er würde sich vorläufig noch zurückhalten müssen.
Im Augenblick blieb ihm nichts anderes übrig, als sich auf sein Gehör zu verlassen – und zu warten.

✳

Die Jacht hatte ihre Fahrt verlangsamt und steuerte den nächsten Ankerplatz an. Es herrschte ein ziemliches Durcheinander an Bord. Alle wussten, dass hier etwas schief gegangen war. Zwei Leute waren verschwunden. Und zwar nicht die beiden Tennis-Brüder, wie Rufus Hawk zunächst gedacht hatte, sondern Will Anderson und ein Journalist namens Alex Cox.
Danny und Maddie wussten, dass sie Alex' und ihre eigene wahre Identität vorläufig noch nicht lüften durften. Sie wollten erst noch auf Anweisungen aus der Zentrale warten.
Sie sonderten sich von der Menge ab und zogen sich in den Gang unter Deck zurück, wo sie ungestört miteinander sprechen konnten. Danny hatte immer noch die PIC-Zentrale in der Leitung.

»Wir legen jetzt gerade am Lambeth Pier an«, sagte er in sein Handy. »Ist die Wasserschutzpolizei schon benachrichtigt? Gut. Nein, es gab keine Anzeichen schwerer Gewaltanwendung. Sie müssen Alex einfach überrascht haben. Ich hab das Boot noch in einiger Entfernung gesehen – es war ganz schön schnell. Ja, Richtung Osten, sie verschwanden unter der Westminster Bridge. Ich halte euch auf dem Laufenden«, sagte er und steckte das Handy wieder ein.

»Was werden sie tun, wenn sie merken, dass sie nicht James, sondern Alex entführt haben?«, fragte Maddie.

»Alex kann auf sich selbst aufpassen«, meinte Danny. »Na ja, hoffe ich jedenfalls.«

»Glaubst du, dass Spider dahinter steckt?«

»Vielleicht«, sagte er unbehaglich.

»Aber wer sonst könnte sie entführt haben?« Maddie hatte Angst, dass sich Alex und Will in den Händen des unbekannten Auftragskillers befänden.

»Ich weiß nicht«, sagte Danny. »Aber nehmen wir nicht gleich das Schlimmste an, okay?« Plötzlich fielen ihm die vielen Fotos von Will Anderson mit herausgeschnittenen Augen ein. Er runzelte die Stirn. Shadow war ein Verrückter, keine Frage. Wenn er tatsächlich einen kaltblütigen Killer wie Spider auf Will angesetzt hatte, dann war es möglich, dass sich die Situation gerade extrem zugespitzt hatte …

»Ich gehe besser wieder rein und sehe nach James«, sagte Maddie. »Er muss ja große Angst haben.«

»Aber sag ihm nichts von Spider, kein Wort!«, warnte sie Danny. »Je weniger er im Augenblick weiß, umso besser.«

Maddie nickte.

In der Hauptkabine herrschte ein ziemliches Durcheinander. Rufus Hawk schien eine improvisierte Pressekonferenz abzuhalten. Er war von einer großen Gruppe Leuten mit Mikrofonen, Diktiergeräten und Kameras umringt. Maddie suchte mit den Augen den Raum nach James ab, konnte ihn aber nirgends entdecken.

Doch dann sagte Hawk etwas, das sie aufhorchen ließ.

»Ladys und Gentlemen, ich mache mir Vorwürfe«, sagte er zu den Journalisten. »Ich hätte die Sache niemals für mich behalten dürfen, habe sie aber nicht ernst genommen. Wenn Will irgendetwas zustößt, werde ich mir das niemals verzeihen.«

Maddie drängte sich zwischen die Journalisten, um besser zu hören, was er sagte.

»Es ist so«, fuhr er angespannt fort, »dass ich schon seit einigen Wochen Drohanrufe erhalte, die sich gegen Will richten. Ich habe weder mit ihm noch mit sonst jemandem darüber gesprochen. Ich hielt das alles für Unsinn.« Er atmete tief durch. »Das war ein Fehler«, sagte er. »Ich bin jetzt überzeugt, dass Will Anderson entführt wurde und dass die Kidnapper ein hohes Lösegeld für seine unbeschadete Rückkehr fordern werden.«

Maddie sah ihn ebenso schockiert wie ungläubig an. Er hatte Drohanrufe erhalten und nicht darauf reagiert! Und dank seiner Arroganz und Dummheit waren Alex und Will Anderson jetzt in den Händen eines professionellen Auftragskillers. Es war sogar möglich, dass Spider seinen Auftrag schon ausgeführt hatte …

Alex und Will konnten bereits tot sein.

Siebtes Kapitel

Das kleine Motorboot legte an und Alex wurde herausgezogen. Bestimmt, aber nicht brutal. Zwei Männer hielten ihn an den Armen fest und schoben ihn vor sich her. Sie gingen über festen ebenen Grund. Er hörte weitere Schritte. Will und seine Bewacher. Es entstand eine Pause. Dann hörte Alex ein kratzendes Geräusch – als wenn ein großes Tor geöffnet würde. Hinter dem Tor war der Boden rau und uneben. Sie betraten ein Gebäude. Türen schlossen sich mit einem Zischen. Er spürte, wie seine Füße gegen den Boden gedrückt wurden. Sie befanden sich in einem Aufzug. Sie fuhren nach oben. Die Fahrt endete und Alex hörte, wie sich die Türen des Lifts öffneten. Jemand knuffte ihn gegen sein Schulterblatt – er sollte losgehen.

Die Männer unterhielten sich nur flüsternd. Sie gaben ihren Geiseln keinerlei Anweisungen, sondern bedeuteten ihnen mit einem Druck auf die Schulter, wohin sie sich wenden sollten. Eine Tür wurde geöffnet. Ihre Schritte hallten laut in einem offenbar ziemlich großen leeren Raum. Wieder eine Tür und Alex wurde auf den harten Betonboden gedrückt. Sie fesselten seine Fußgelenke. Er hörte, wie sich die Schritte entfernten und eine Tür geschlossen wurde.

Dann war alles still.

»Will?«

»Ja.«

»Bist du okay?«
»Ja, ich glaub schon. Und du?«
»Ja.«
Will hörte sich ängstlich an. »Ich kann das alles gar nicht glauben. Ich warte die ganze Zeit darauf aufzuwachen …«
»Versuch ruhig zu bleiben. Wir können im Augenblick nichts machen.«
»Wer sind diese Leute? Was haben sie mit uns vor?«
Alex antwortete nicht sofort. Er dachte angestrengt nach.
»Ich schätze, sie wollen das schnelle Geld machen«, sagte er schließlich. »Wahrscheinlich halten sie mich für James. Sie glauben, sie haben die Anderson-Brüder geschnappt. Und sie werden ein gehöriges Lösegeld für unsere Freiheit fordern.«
Will stöhnte.
Alex fand seine eigene Erklärung allerdings nicht ganz überzeugend. Wenn Spider sie entführt hatte, könnte es sehr schnell sehr übel werden. Doch davon würde er Will auf keinen Fall erzählen.
»Versuch dich einfach zu entspannen, wenn du kannst«, sagte Alex ruhig. »Konzentrier dich auf irgendetwas Positives. Du kannst dir ja vorstellen, wie du das Finale in Wimbledon gewinnst, wenn wir hier raus sind.«
Will stieß ein kurzes, bitteres Lachen aus.
Alex war klar, dass er Will irgendwie davor bewahren musste über das nachzudenken, was ihnen hier zustoßen konnte. Also fragte er ihn über Tennis, das Training und sein übriges Leben aus und versuchte ihn so abzulenken.
Nach einiger Zeit kamen Wills Antworten langsamer.
Schließlich verstummte er ganz.
Alex ging davon aus, dass er vor Erschöpfung eingeschlafen war. Gut.

Alex versuchte seine Fesseln zu lockern. Als ihn die Entführer gefesselt hatten, hatte er seine Handgelenke überkreuzt – so blieb ein wenig Spielraum. Er begann konzentriert die Hände hin und her zu bewegen. Kaum zu glauben, aber es bewegte sich etwas. Er drückte und zog, bis er nach langen Minuten spürte, wie sich die Fesseln tatsächlich lockerten. Er ruhte aus und sammelte neue Kräfte. Dann konzentrierte er sich voll auf die letzte große Anstrengung, seine Hände aus den Fesseln zu ziehen.

Er keuchte erleichtert, rieb sich die Gelenke. Dann zog er sich die Tüte vom Kopf. Es war dunkel. Der Raum war sauber und leer. Durch breite unverhängte Fenster sah er den Nachthimmel. Will lag zusammengesunken in einer Ecke.

Alex suchte in seinen Taschen. Alle Gegenstände, die er jetzt hätte brauchen können, hatten ihm die Entführer abgenommen und in den Fluss geworfen – Messer, Schlüssel, Handy. Alles.

Er richtete seine Aufmerksamkeit auf die Plastikkordel, mit der sie seine Füße gefesselt hatten. Die Knoten waren nicht schwer zu öffnen. Er blieb kurz sitzen und massierte seine Beine, um die Blutzirkulation anzuregen. Es kribbelte wie von tausenden Nadelstichen.

Dann stand er auf und ging zur Fensterfront hinüber.

Sie befanden sich hoch oben. Sehr hoch. Er schaute auf die Biegung der Themse hinunter, hinter der sich die nächtlich erleuchteten Londoner Außenbezirke befanden. Der Himmel war sternklar. Die Dunkelheit hatte die Stadt in ein Durcheinander schwarzer Silhouetten mit tausenden hellen Lichtpunkten verwandelt. Alex runzelte die Stirn und versuchte sich zu orientieren. Er nahm an, dass sie sich irgendwo in den Docklands befanden.

Der Geruch nach Farbe und frisch gesägtem Holz deutete darauf hin, dass sie in einem neu errichteten Hochhaus gefangen gehalten wurden. Kein Bürohaus – dafür war der Raum hier zu klein. Eher ein Wohnblock. Für Luxuswohnungen mit Themse-Blick.

Alex schlich auf Zehenspitzen zur Tür. Er legte seinen Kopf seitlich ans Türblatt, hielt die Luft an und lauschte angestrengt. Nichts. Kein Geräusch. Entweder waren die Entführer inzwischen außer Hörweite oder sie verhielten sich absolut ruhig.

Er ging zu der Ecke, in der Will lag. Er beugte sich über ihn, lockerte die Stofftüte über seinem Kopf und zog sie herunter. Will murmelte irgendetwas, schlief aber weiter.

Alex löste sorgfältig und leise Wills Fesseln. Ohne aufzuwachen drehte sich Will zur Seite und suchte eine bequemere Position auf dem Boden. Alex erhob sich leise. Er würde ihn bis zum Morgengrauen schlafen lassen.

Und dann?

Alex hatte keine Ahnung.

✴

An der Wand des Hauptbüros der PIC-Zentrale befand sich eine Reihe von Digitaluhren. Sie waren mit einer Genauigkeit von Sekundenbruchteilen auf die verschiedenen Zeitzonen der Welt eingestellt. Das Display der Uhr für das Vereinigte Königreich zeigte 04.07.

Der Raum war hell erleuchtet, es herrschte hektische Betriebsamkeit.

Ein ganzes Dutzend Officers war in die Zentrale gerufen worden. Keiner hatte in dieser Nacht geschlafen. Kaffee und

Adrenalin hielten sie wach. Einer ihrer Kollegen wurde vermisst und niemand von ihnen würde ruhen, bis man ihn gefunden hatte.

Field-Agents und Officers waren draußen in der Nacht unterwegs, suchten nach Spuren, gaben Rückmeldung, warteten auf neue Anweisungen.

Jack Cooper koordinierte die Suche persönlich. Maddie und Danny halfen ihm dabei. Danny wäre am liebsten mit nach draußen gegangen, aber Jack Cooper brauchte ihn in der Zentrale. Er war schließlich mit auf der Jacht gewesen – und konnte also wichtige Hinweise geben, wenn es darum ging die Geschehnisse des Abends genau zu rekonstruieren.

Detective Inspector Susan Baxendale erschien neben Jack Cooper am Kopf des Konferenztisches. Sie hatte sich gerade mit Rufus Hawk unterhalten, dem Besitzer von ›Moonrunner‹.

»Und?«, fragte Cooper knapp.

»Er bleibt bei seiner Geschichte«, berichtete die Beamtin. »Er sagt, er hätte in den beiden letzten Wochen mehrere Drohanrufe erhalten. Er sagt, der Anrufer hätte hunderttausend Pfund gefordert – wenn er die nicht bekäme, würde irgendetwas Schlimmes mit Will Anderson geschehen. Hawk sagt, er hätte die Polizei nicht eingeschaltet, weil er dachte, es handele sich nur um irgendeinen harmlosen Spinner.«

»So ein Idiot«, knurrte Danny.

Jack Cooper hob die Hand. »Haben Sie die Anrufe überprüft?«, fragte er.

Susan Baxendale nickte. »Schon passiert. Sie kamen alle aus einer öffentlichen Telefonzelle in den Docklands. Wir lassen sie inzwischen überwachen. Aber wenn es sich um Lösegeld handelt, werden die Entführer nicht so dumm sein, ihre Forderungen aus einer Telefonzelle zu stellen. Schließlich können sie sich denken, dass wir sie abhören.«

Jack Cooper nickte und sah auf seine Armbanduhr. »Kein Wort, seit sechs Stunden.« Er sah in die Runde am Konferenztisch. »Also, Leute: Müssen wir mit einer Lösegeldforderung rechnen?«

Maddie wusste nur zu gut, worauf ihr Vater hinauswollte. Wurden Alex und Will irgendwo gefangen gehalten, »gequält, zerschmettert, vernichtet«, wie es von Shadow verlangt worden war, oder hatte man sie schon umgebracht?

»Es ist noch zu früh das Schlimmste anzunehmen«, sagte Tara Moon. »So wie ich Alex kenne, hat er die Lage garantiert unter Kontrolle.«

»Wenn es tatsächlich Spider ist – warum hat er seinen Auftrag dann nicht bereits auf der Jacht ausgeführt?«, fragte Danny nachdenklich. »Warum entführt er ihn stattdessen?«

»Genau das frage ich mich auch«, sagte Cooper.

»Könnte Shadow sie vielleicht selbst gekidnappt haben?«, fragte Maddie. Sie war so müde, dass sie sich kaum noch konzentrieren konnte. Selbst für ihren Vater und sein Team schien es ausgeschlossen, zwei gesichtslose Killer aufzuspüren.

»Das ist möglich«, stimmte DI Baxendale zu. »Shadow könnte sie zu irgendeinem vorbereiteten Ort gebracht haben. Er lässt sie dort zurück. Dann kommt Spider und übernimmt seinen Job, ohne seine eigene Sicherheit zu gefährden.«

Maddie bekam eine Gänsehaut. Sie sprachen so nüchtern über die Sache – dabei ging es in Wirklichkeit um Leben oder Tod zweier Menschen.

»Spider ist ein Killer, nicht?«, fragte sie sich laut. »Er wird dafür bezahlt, dass er Leute tötet. Aber Rufus Hawk sagte, dass der Anrufer Geld verlangt hat.« Sie sah in die Runde am Tisch.

»Das ergibt keinen Sinn. Ein Auftragsmord und eine Entführung sind zwei völlig verschiedene Sachen.«

»Maddie hat Recht«, sagte Danny. »Irgendetwas stimmt da nicht.«

»Also, denken wir die Sache erneut durch«, sagte Jack Cooper. »Sind wir sicher, dass der Mann, der Rufus Hawk angerufen hat, Shadow war? Derjenige, der Will Anderson töten lassen will?«

»Ich denke schon«, sagte Tara Moon. »Wer sonst könnte es gewesen sein?«

Jack Cooper runzelte die Stirn. »Aber welche Rolle spielt dann Spider? Wir kennen ihn als professionellen Killer. Er ist kein Entführer.«

»Vielleicht ist er auch nur für den Fall eingestellt worden, dass irgendetwas schief geht«, schlug DI Baxendale vor. »Wenn Shadows Plan fehlschlägt, sorgt Spider dafür, dass es keine Zeugen gibt.«

»Und was ist mit den Fotos von Will, den herausgeschnittenen Augen darauf?«, fragte Danny. »Wie ordnen wir diese Fotos ein?« Er schüttelte den Kopf. »Ich glaube, wir sind noch ganz schön weit von der Lösung entfernt. Da läuft irgendetwas ganz anderes – ich wünschte nur, ich hätte eine Ahnung, was ...«

»Unterdessen denken wir weiter nach und suchen weiter«, sagte Jack Cooper leise, aber bestimmt. Er sah Susan Baxendale an. »Haben Sie Hawk nach Hause bringen lassen?«

DI Baxendale nickte. »Jakes und Peterson sind bei ihm. Sie melden sich, wenn irgendetwas vorfällt.«

»Können wir sonst noch etwas tun?«, fragte Maddie ihren Vater.

Jack Cooper sah sie mit seinen ruhigen, grauen Augen an.

»Ja«, sagte er. »Warten. Und versuchen herauszubekommen, wer hinter all dem steckt – Spider, Shadow oder wer auch immer.«

*

Alex erwachte aus einem leichten Schlaf. Den größten Teil der Nacht war er leise in ihrem Gefängnis auf und abgegangen und hatte ihre Möglichkeiten abgewogen. Wills Sicherheit hatte oberste Priorität. Will musste heil aus dieser Sache herauskommen – nichts sonst zählte.

Schließlich war Alex so erschöpft gewesen, dass er sich hinsetzte, um auszuruhen. Den Kopf an die Wand gelehnt war er, ohne es zu wollen, eingeschlafen.

Der Himmel schien jetzt nicht mehr so dunkel. Schwaches graues Licht drang in den Raum. Es war kurz vor Tagesanbruch. Er stand auf und ging ans Fenster. Hinter den Gebäuden im Osten sah man einen ersten Streifen Licht. Gleich würde die Sonne aufgehen.

Alex kniete sich neben Will.

Er schüttelte ihn.

Will öffnete die Augen. Zuerst wirkte er verwirrt, dann verdüsterte sich seine Miene.

Alex lächelte ihn traurig an. »Nein, es war kein Traum«, sagte er. »Tut mir Leid. Wie fühlst du dich?«

»Steif«, sagte Will. Er setzte sich auf. »Ist irgendetwas passiert?«

Alex schüttelte den Kopf. »Bis jetzt ist alles ruhig geblieben.«

»Ich hab Durst«, beklagte sich Will. »Sie sollten uns eigentlich Wasser geben, oder?«

Alex legte ihm eine Hand auf die Schulter. »Ich möchte, dass

du mir jetzt ganz genau zuhörst«, sagte er. »Du solltest eine Sache wissen: Ich bin kein Journalist. Ich bin Police Officer.«
Will starrte ihn verwirrt an. »Du bist *was?*«
Alex musterte sein Gegenüber und überlegte, wie viel ihm im Augenblick zuzumuten war. Wie viel der Wahrheit war jetzt sinnvoll? So viel, dass er die mögliche Gefahr der Situation erkannte – aber nicht so viel, dass er in Panik geriet.
»Ich hatte den Auftrag dich zu bewachen«, sagte Alex. »Wir sind davon ausgegangen, dass du Schutz brauchen könntest.«
Wills Augen funkelten. »Du meinst, ihr habt gewusst, dass das alles passieren könnte, habt es mir aber nicht *gesagt?*«
»Nein, nicht genau«, sagte Alex. »Mit einer Entführung haben wir nicht gerechnet.«
Will stand benommen auf. »Du hättest mich warnen müssen!«, rief er. »Was geschieht, wenn die Entführer herausbekommen, dass du von der Polizei bist?« Seine Stimme zitterte vor Wut und Angst. »Ich kann dir sagen, was dann passiert – sie kriegen Panik und bringen uns um!«

Achtes Kapitel

»Niemand wird umgebracht«, versuchte Alex Will zu beruhigen. »Wir kommen heil aus der Sache raus, okay?«
»Und zwar wie?«
»Indem wir unser Hirn benutzen«, sagte Alex. »Und indem wir Ruhe bewahren. Okay?«
Will schaute ihn an. Als er weitersprach, klang seine Stimme wieder ruhiger. »Ich will wissen, was hier vorgeht«, sagte er. »Ich will alles ganz genau wissen.«
Alex nickte. Es hatte keinen Sinn ihn noch länger im Ungewissen zu lassen. Dafür war es jetzt zu spät.
Also erzählte er Will von Spider. Und er erzählte ihm von der E-Mail-Konversation, die sie verfolgt hatten. Und er erzählte ihm von Shadow und der verlassenen Wohnung mit den Fotos an den Wänden.
Nur ein Detail erwähnte er nicht. Die Sache mit den Augen. Davon musste Will nicht unbedingt wissen.
Will hörte sich alles bemerkenswert ruhig an.
Alex war erleichtert. Will musste Ruhe bewahren.
Als Alex fertig war, sah ihm Will offen in die Augen. »Also«, fragte er. »Was passiert jetzt?«
»Ich glaube, wir sollten uns Gedanken darüber machen, mit was für Leuten wir es hier zu tun haben«, sagte Alex. »Außer mir waren noch weitere Polizisten bei der Party auf dem Schiff. Sie haben wahrscheinlich sofort eine Nachrichten-

sperre über die ganze Angelegenheit verhängt. Das ist immer noch ein Vorteil für uns.«

»Die Entführer halten dich für James«, sagte Will.

Alex nickte.

»Kannst du gut kämpfen?«, fragte Will.

Alex lächelte. »Oh, ja«, sagte er. »Sogar sehr gut.«

Er ging zur Tür hinüber. Er blieb einige Sekunden stehen, sah auf die Tür und bereitete sich innerlich auf eine Konfrontation mit den Entführern vor.

Dann warf er Will einen Blick über die Schulter zu. »Ich brauche jetzt viel Platz«, sagte er.

Will ging ein paar Schritte zurück.

Alex hob eine Faust und hämmerte an die Tür. »Hey! Wir brauchen was zu essen! Wir brauchen Wasser! Hey!«

Es war, als schlüge er auf eine riesige Trommel. Das ganze Gebäude schien von dem Geräusch widerzuhallen.

Keine Antwort.

Alex versuchte es noch einmal, er brüllte so laut er konnte.

Wieder nichts.

Er hielt inne und dachte nach.

Die Tür ging nach innen auf. Es hatte also gar keinen Zweck, sie auftreten zu wollen.

»Bist du überhaupt sicher, dass sie verschlossen ist?«, fragte ihn Will.

Alex drehte sich zu ihm um und hob eine Augenbraue. Will zuckte die Achseln.

Alex griff nach der Klinke und zog daran – und wäre fast rückwärts gestolpert.

Es war offen. Will stieß ein überraschtes Lachen aus.

Der Flur war leer. Alex ging vorsichtig hinaus. Sein ganzer Körper war gespannt, er konnte jederzeit losschlagen.

Will folgte ihm. Weitere Türen gingen vom Flur ab. Noch ein leerer Raum. Ein Bad. Eine Küche. Keinerlei Hinweis auf die Entführer.

Glücklicherweise war das Haus schon an die Wasserversorgung angeschlossen. Sie tranken durstig aus dem verchromten Hahn über der Spüle.

Alex öffnete die Wohnungstür und trat auf einen breiten Gang hinaus. Direkt gegenüber, hinter verspiegelten Türen, befand sich ein Aufzug.

»Wir nehmen die Treppe«, sagte Alex.

Sie gingen unzählige Treppenstufen hinunter. An jedem Treppenabsatz befand sich ein breites Fenster. London lag im frühmorgendlichen Licht. Der Himmel im Osten leuchtete gelb. Die Fenster entfernter Gebäude reflektierten das Licht. Die Themse glitzerte.

Endlich kamen sie im Erdgeschoss an. Alex machte Will ein Zeichen, dass er stehen bleiben sollte. Er schob sich vorsichtig durch die Tür in die Eingangshalle. Auch hier war noch alles im Rohbauzustand. Kabel hingen von den Wänden. Der Boden bestand aus purem Zement. Die hohen Glastüren in der Eingangszone waren mit weißen Klebebandkreuzen gekennzeichnet.

Alex stieß eine der Türen vorsichtig auf, sah sich um und bedeutete Will, dass er ihm folgen sollte. Den gesamten Wohnblock umgab eine riesige Baustelle. Sie war menschenleer. Schwere Baumaschinen standen herum. Der Boden war uneben. Das Gelände war durch große Sperrholzplatten in rauen Holzrahmen eingezäunt.

Sie überquerten die Baustelle. Alex' Gedanken rasten. Was ging hier vor? Wo waren die Entführer? Wo war überhaupt irgendjemand?

Sie kamen an der Sperrholzwand an, in die ein stabiles Türenpaar eingelassen war, von außen mit einer Kette zusammengeschlossen. Die Wand bot nirgends Halt, wenn man darüber klettern wollte.

»Kannst du gut klettern?«, fragte Alex.

»Oje, ich neige ziemlich zur Höhenangst«, gestand Will.

»Okay«, sagte Alex. »Dann versuchen wir es anders.«

Er versetzte der Spanplatte eine Reihe gezielter Tritte. Stück für Stück löste sich die Platte aus dem Holzrahmen. Bald war ein Spalt entstanden, der groß genug war, dass sie sich beide hindurchquetschen konnten.

Sie kamen auf ein gepflastertes Areal. Aus Backsteintrögen wuchsen Bäumchen. Schmiedeeiserne Bänke standen herum. Hohe Zäune schützten brandneue Wohnblocks. Sie befanden sich in einer der exklusivsten Wohnsiedlungen der Docklands. Und sie wurden beobachtet. Und angebellt.

Etwa zwanzig Meter entfernt stand eine Frau und sah sie misstrauisch an. Ein stämmiger, dunkelbrauner Pitbull-Terrier riss an seiner Leine, bellte und knurrte – er wollte nichts lieber als sich losreißen und sich auf die beiden ramponierten Fremdlinge stürzen.

Alex ging auf die Frau zu. Der Hund rastete völlig aus. Die Frau machte einige Schritte rückwärts und zog das Tier hinter sich her.

»Kommen Sie keinen Schritt näher!«, rief sie. »Ich hab ein Handy dabei. Ich rufe die Polizei!«

»Ich *bin* die Polizei!«, gab Alex zurück.

Will stellte sich neben ihn. »Das stimmt!«, rief er der Frau zu. »Wirklich, kein Witz!«

»Ich habe einen Selbstverteidigungskurs gemacht!«, kreischte die Frau. »Ich hab keine Angst vor Diebesgesindel wie euch!«

Der Hund wurde fast verrückt vor Hass – er zerrte so sehr an der Leine, dass er sich fast strangulierte.
»Na klasse«, murmelte Alex und warf Will einen Blick zu. »Sie hält uns für Straßenräuber oder so was.«
Er hob seine Arme und schaute die Frau an. »Wir ergeben uns, Ma'am«, rief er. »Bitte keine Gewalt anwenden. Wir rühren uns nicht, okay? Würden Sie jetzt also bitte die Polizei rufen, bevor der Hund sich losreißt und wir am Ende noch gegen Tollwut geimpft werden müssen?«
Die Frau schien schließlich doch ein Einsehen zu haben. Sie holte ihr Handy aus der Handtasche und wählte die Notrufnummer.

*

Das digitale Display zeigte 05.27 an.
In der PIC-Zentrale herrschte Hochspannung. Die Rückmeldungen der Officers draußen auf den Straßen waren von einer tödlichen Monotonie: nichts Neues. Es war, als wären Alex Cox und Will Anderson einfach vom Erdboden verschwunden.
Maddie war mehr als einmal auf der Toilette gewesen und hatte sich kaltes Wasser ins Gesicht gespritzt, um die Müdigkeit zu vertreiben. Sie hatte seit siebenundzwanzig Stunden nicht geschlafen.
Alle waren unzufrieden mit der Situation. Jack Cooper ließ sich nicht viel anmerken, aber seine knappen Antworten auf Fragen und seine barschen Kommentare zeigten, dass er sich Sorgen machte.
Danny saß vor seinem Laptop und durchsuchte das Netz nach irgendeiner neuen Kommunikation zwischen Shadow und

Spider. Das war allemal besser, als gar nichts zu tun und zu warten. Untätig herumzusitzen führte nur dazu, sich das Schlimmste auszumalen.

Maddie kam an ihren Schreibtisch zurück. Sie stülpte sich ihren Kopfhörer über und wartete auf den entscheidenden Anruf, der entweder Erleichterung oder totale Verzweiflung bringen würde.

Dann kam DI Baxendale in das Großraumbüro geeilt. Alle Blicke richteten sich auf sie.

»Seht euch das an!«, rief sie, beugte sich über eine Computertastatur und tippte schnell etwas ein.

Die Wandbildschirme erwachten zum Leben.

Es war ein Programm des Senders Sky News. Am unteren Bildschirmrand erschien der Hinweis LIVE EXCLUSIVE.

»Das wird gerade im ganzen Land ausgestrahlt«, sagte sie. »Hawk muss den Verstand verloren haben.«

Man sah den Eingangsbereich eines schnieken georgianischen Stadthauses, das von Hochleistungsscheinwerfern in weißes Licht getaucht wurde. Die Tür stand offen. Rufus Hawk, der jetzt einen anderen, aber ebenfalls sündhaft teuren Anzug trug, unterhielt sich mit einer Gruppe von Journalisten. Blitzlichter funkelten wie Stroboskoplampen. Alle Handmikrofone und Mikrofongalgen waren auf ihn gerichtet.

»Ich habe kaum etwas zu der offiziellen Erklärung hinzuzufügen, die ich bereits abgegeben habe«, sagte er gerade.

Jack Coopers Augen funkelten. »Er hat eine Erklärung abgegeben?«, knurrte er. Er sah Susan Baxendale an. »Stellen Sie mich zu Jakes und Peterson durch. Was zum Teufel wird dort gespielt? Warum haben sie ihn vor die Presse gelassen?«

»Wir warten immer noch darauf, dass sich die Entführer bei uns melden«, fuhr Rufus Hawk fort. »Aber ich bin fest entschlossen, jede Summe zu zahlen, wie hoch sie auch sein mag. Will Andersons Leben ist in Gefahr und ich werde alles tun, damit er wohlbehalten zurückkommt.« Er hob die Arme, um eine ganze Lawine von Fragen abzuwehren. »Mehr möchte ich nicht sagen. Ich bin zwar geschäftlich mit Will verbunden, halte ihn aber auch für meinen Freund. Und als Wills Freund wende ich mich hiermit direkt an die Entführer: Bitte tun Sie ihm nichts. Wir werden auf alle Ihre Forderungen eingehen.« Er fuhr sich mit einer Hand durch seine roten Haare. »Ich will nichts anderes, als dass Will schnell und wohlbehalten zurückkehrt. Wenn die Entführer auch nur einen Funken Anstand haben, werden sie Will Anderson nicht daran hindern, am Tennisturnier von Wimbledon teilzunehmen – und seinen rechtmäßigen Platz als Sieger des Herreneinzels einzunehmen.«

Maddie starrte ungläubig auf den Bildschirm. »Ich fass es nicht«, sagte sie. »Wills Leben ist in Gefahr und Hawk redet über nichts anderes als Tennis. Ist er verrückt, oder was?«

Danny stand neben ihr. »Sieh dir das an«, sagte er. »Hawk macht aus der Sache einen großen Werbegag.«

Ein Telefon klingelte. Tara Moon nahm den Hörer ab.

»Ja, er ist da.« Sie reichte Jack Cooper den Hörer. Er hörte mit unbewegtem Gesicht zu. Dann gab er ein paar knappe Anweisungen und legte auf.

»Ausschalten«, sagte er mit einem Nicken in Richtung der Monitore. Der Ton wurde abgedreht. Alle Blicke richteten sich auf Cooper. »Ich habe gerade mit Alex Cox gesprochen«, sagte er. »Sie sind in Sicherheit. Und sie sind frei.«

Neuntes Kapitel

Jack Cooper saß an seinem Schreibtisch in der PIC-Zentrale. Das Panoramafenster hinter ihm zeigte die Dächer der Stadt: den hohen Turm der St. Paul's-Kathedrale, das Riesenrad The London Eye und das House of Parliament. Der Himmel war blau und wolkenlos. Es war später Nachmittag.

Im Büro des Chief Superintendents waren die Leiter verschiedener PIC-Abteilungen zusammengekommen. Alex, Danny und Maddie waren ebenfalls dort. Sie hatten wenigstens ein paar Stunden schlafen können, bevor sie zu der Besprechung mussten. Es stand nur ein Punkt auf der Tagesordnung: Die Entführung und bizarre Flucht von Will Anderson und Alex Cox. Tara Moon saß mit Schreibzeug am Tisch und machte Notizen.

Detective Superintendent Kevin Randal meldete sich zu Wort. »Meine Leute haben das ganze Gebäude durchsucht.« Er schüttelte den Kopf. »Es gibt jede Menge Fingerabdrücke, von mindestens fünfzig verschiedenen Personen. Ich habe angeordnet, sie mit unseren Dateien abzugleichen, sehe aber kaum Chancen, dass wir etwas Brauchbares finden werden. Sie stammen sicherlich von Bauarbeitern. Diese ganze Entführung erscheint mir absolut amateurhaft. Ein Pfusch.«

Jack Cooper sah zu Alex hinüber. »Und – gibt es irgendwelche Kommentare?«

Alex nickte nachdenklich. »Wenn wir nicht wüssten, dass Spider irgendwo da draußen lauert, würde ich Kevin Recht geben.« Er klopfte mit seinem Kugelschreiber auf die Tischplatte. »Von dem Zeitpunkt an, als ich auf dem Schiff die Kabinentür geöffnet und einen von ihnen gesehen habe, lief die Sache für sie schief. Sie hätten eigentlich abhauen müssen.« Er zuckte die Achseln. »Nachdem sie uns in das Gebäude gebracht hatten, hatten sie Zeit die Sache zu durchdenken. Ich schätze, sie haben Panik bekommen und sind verschwunden.«

»Und haben vorher noch die Tür aufgeschlossen«, fügte Danny hinzu.

Alex nickte.

Danny runzelte die Stirn.

»Du glaubst also tatsächlich, das Ganze hat gar nichts mit Spider zu tun?«

»Wenn Spider mitgemischt hätte«, sagte Alex, »würden Will und ich jetzt irgendwo mit dem Gesicht nach unten die Themse runtertreiben. Ich glaube stattdessen, dass Shadow die ganze Sache allein angezettelt hat.« Er sah Danny an. »Erinnerst du dich, was er in dem E-Mail-Wechsel schrieb, den ihr verfolgt habt?« Alex blätterte in seinen Unterlagen. »Shadow schrieb: *Ich muss nur wissen, dass ich mich auf Sie verlassen kann, wenn ich Sie brauche.* Man beachte das *wenn.* Ich schätze, Shadow hat Spider nur für den Fall angeheuert, dass die Entführung schief geht. Bis dahin sollte er sich im Hintergrund halten.«

»Und die Entführung ging schief«, sagte Maddie leise. »Also, was machen wir jetzt?«

»Wir untersuchen sämtliche Details und versuchen Lösungen für die offenen Fragen zu finden«, sagte Jack Cooper. »Warum wurden Alex und Will Anderson gerade zu diesem Gebäude gebracht? Warum hat man sie allein gelassen, damit sie sich selbst befreien konnten? Warum gab es keine Lösegeldforderung? Steckt Shadow dahinter? War Shadow einer der Entführer oder hat er sie engagiert? Wenn ja, wie? Wir müssen die Fühler an den üblichen Orten ausstrecken und versuchen Hinweise zu bekommen. Wenn Shadow die Leute hier in der Stadt angeheuert hat, muss jemand davon wissen.« Jack Cooper blickte in die Runde. »Aber denken Sie daran: Es geht vor allem darum, Spider unschädlich zu machen – also keine Seitenwege!«

»Und was ist mit Will?«, fragte Maddie.

Jack Cooper lächelte sie grimmig an. »Er wird ab sofort rund um die Uhr unter Schutz gestellt. So etwas wird uns nicht noch einmal passieren.« Seine Stimme verwandelte sich in ein leises Knurren. »Wir haben Glück, dass ihm nichts passiert ist. Das fordern wir kein zweites Mal heraus.«

»Ich habe einige Kontakte zu Leuten im East End«, sagte Danny. »Wenn Shadow dort nach Muskelmännern für die Entführung gesucht hat, wissen sie es.«

»Nein, das kann Kevin übernehmen«, sagte Cooper. »Für Sie habe ich etwas anderes vorgesehen, Danny. Ich will, dass Sie alles über diesen Wohnblock herausfinden. Es muss Gründe dafür geben, dass die Entführer Alex und Will Anderson ausgerechnet dorthin gebracht haben.« Er zeigte mit seinem Kugelschreiber auf Danny. »Finden Sie das heraus.«

Jack Cooper schob seinen Rollstuhl vom Schreibtisch zurück. »Unterdessen haben Alex und ich etwas anderes vor.« Er schaute seine Assistentin an. »Tara? Den Wagen, bitte. Zehn Minuten.«

Tara stand auf und verließ den Raum.

»Dad?«, fragte Maddie. »Was ist mit mir?«

»DI Baxendale hat genug für dich zu tun.« Jack Cooper schlug mit seinen Händen auf die Lehnen seines Rollstuhles. »Okay. Ende der Besprechung. An die Arbeit.«

*

Sechs Leute saßen in einem kleinen, hell erleuchteten Raum des Roehampton Clubhauses. Durch ein breites Fenster sah man auf die Tennisplätze, wo gerade zwei weiß gekleidete Frauen in der prallen Mitagssonne spielten. Will saß mit dem Rücken zum Fenster da; er sah bleich und müde aus. James hockte auf einer Armlehne seines Stuhles und hatte seinem Bruder schützend die Hand auf die Schulter gelegt.

Rufus Hawk lehnte sich mit einem selbstgefälligen Grinsen in seinem Sessel zurück. Er hat erreicht, was er wollte, dachte Alex. Und warum auch nicht? Die Zeitungen und Fernsehnachrichten waren voll mit Berichten über Will Andersons Entführung und seiner außergewöhnlichen Flucht. Rufus Hawk hatte schließlich dafür gesorgt.

Auf einem ungepolsterten Stuhl neben Hawk saß ein großer, hagerer Mann mit eisengrauen Haaren und harten, kompromisslosen Augen. Er saß aufrecht da und hatte die Arme verschränkt. Seine Miene verriet nicht, was er dachte. Sein Name war Lars Johansson. Er war an diesem Morgen aus Dänemark nach London gekommen.

Jack Cooper versuchte Will davon zu überzeugen, dass er rund um die Uhr überwacht werden musste, wenn er kein Risiko eingehen wollte. Doch Will hasste den Gedanken, auf Schritt und Tritt von Polizisten begleitet zu werden.

»Entschuldigung. Bitte …« Rufus Hawks Stimme klang wie das Schnurren einer zufriedenen Katze. »Würden Sie mir bitte

erlauben, auch ein Wort in dieser Angelegenheit zu sagen?« Alle Blicke richteten sich auf ihn. »Schauen Sie, Inspektor …«
»Chief Superintendent«, korrigierte ihn Jack Cooper.
Der Sportartikel-Mogul machte eine wegwerfende Handbewegung. »Was auch immer«, sagte er. Die Muskeln in Jack Coopers Kinnpartie begannen zu arbeiten. Rufus Hawk fing an, ihm auf die Nerven zu gehen. »Es geht einfach darum«, fuhr Hawk fort, »dass Sie die falsche Person fragen. Sie sollten nicht Will fragen – sondern mich. Ich bin inzwischen derjenige, der alle Entscheidungen für Will Anderson trifft.« Er musterte seine perfekt manikürten Fingernägel. »Ich könnte mich zum Beispiel dafür entscheiden, einen privaten Sicherheitsdienst zu engagieren. Der Schutz, den Sie meinem Klienten bislang geboten haben, hat mich offen gesagt nicht sehr beeindruckt.« Er sah zu Alex hinüber. »Nehmen Sie's mir nicht übel, aber trotz Ihres hervorragenden Einsatzes könnte er inzwischen schon tot in einem Graben liegen.«
Alex wurde wütend, war aber klug genug, sich nicht auf einen Streit mit dem arroganten Millionär einzulassen – und schon gar nicht vor den Augen seines Bosses.
»Ich glaube, dass wir alle unsere Lektion erhalten haben«, sagte Jack Cooper und warf Hawk einen langen, unbewegten Blick zu. »Sie können natürlich Ihre eigenen Sicherheitsvorkehrungen treffen, Mr Hawk. Aber wir gehen hier nicht weg. Es wurde ein Verbrechen begangen und wir haben allen Grund anzunehmen, dass Mr Anderson immer noch in Gefahr ist. So lange das der Fall ist, bin ich derjenige, der hier die Entscheidungen trifft – und nicht Sie. Ich glaube, dass Mr Anderson rund um die Uhr bewacht werden muss – zumindest so lange, bis wir unsere Nachforschungen abgeschlossen haben.«

Hawk lächelte Jack Cooper kalt an. »Halten Sie das nicht für übertrieben, Inspektor – oder wie immer Sie sich nennen?«, sagte er mit kalkulierter Respektlosigkeit. »Dieser Mann – oder diese Person, die sich Shadow nennt – hat sein Spiel gespielt und dabei verloren. Ich wüsste nicht, warum er es noch mal versuchen sollte. Die Medien der ganzen Welt konzentrieren sich jetzt auf Will Anderson. Welcher vernünftige Mensch würde unter diesen Umständen versuchen ihm etwas zuzufügen?«

»Wer sagt denn, dass es sich um einen vernünftigen Menschen handelt?«, fragte Alex.

»Wenn wir gerade bei den Medien sind«, warf Jack Cooper kühl ein, »würde ich sagen, dass Sie vorläufig keine Presseinterviews mehr geben, Mr Hawk. Es ist durchaus möglich, dass Wills Entführer die Aufmerksamkeit genießt, die Sie ihm geschenkt haben. Es könnte ihn sogar darin bestärken, es noch einmal zu versuchen.« Coopers Stimme verwandelte sich in ein Knurren. »Es gibt Leute, die anderen nur etwas antun, weil sie Spaß an den Folgen haben.«

Hawk hob kurz die Augenbrauen, sagte aber nichts.

»Glauben Sie, dass Wills Leben in Gefahr ist?«, fragte James Anderson. Er grub seine Hand dabei so tief in die Schulter seines Bruders, dass seine Knöchel weiß wurden. Alex wunderte sich, dass Will keinerlei Reaktion zeigte.

»Damit müssen wir zumindest rechnen«, sagte Cooper. »Shadow hat schließlich einen bekannten Auftragskiller kontaktiert. Es wäre töricht, die mögliche Gefahr zu unterschätzen.«

Rufus Hawk lachte. »Ein Auftragskiller? Hier? In Roehampton? Bitte, Inspektor, wofür halten Sie das hier – für einen Kinofilm? Alle Stars bekommen ab und zu merkwürdige Anrufe. Das gehört eben dazu. Ich bin wirklich nicht bereit, solchen übertriebenen Reaktionen folgen zu wollen – nur, damit irgendein Spinner zufrieden ist …«

Will hatte während der gesamten Unterhaltung mit gesenktem Blick dagesessen. Jetzt schaute er auf und deutete auf Alex. »Wenn er nicht gewesen wäre, würde ich immer noch gefesselt in diesem Wohnblock liegen. Ich hätte verhungern können, bevor mich jemand gefunden hätte. Wenn ich schon einen Leibwächter brauche, dann will ich Alex.«

»Dieser Mann hat überhaupt nichts getan, um die Entführung zu verhindern«, sagte Hawk und warf Alex einen verächtlichen Blick zu. »Ich kann die besten Bodyguards des ganzen Landes einstellen. Überlassen Sie das mir.«

Will funkelte ihn an. »Darf ich inzwischen gar nichts mehr selbst entscheiden?«, fragte er. Er sah zuerst zu Johansson und dann wieder in das ausdruckslose Gesicht von Hawk. »Glauben Sie nicht, dass ich Ihnen schon genug überlassen habe?«

Hawk atmete tief durch. »Das haben wir jetzt schon zehnmal durchgesprochen«, sagte er ruhig. »Lesen Sie eben noch mal Ihren Vertrag durch, wenn Sie noch nicht alles verstanden haben. Bei Angelegenheiten, die direkt meine Investitionen betreffen, habe ich das Recht alle wichtigen Entscheidungen zu treffen.« Er zeigte auf Will. »Und *Sie* sind meine Investition, erinnern Sie sich? Es war meine Entscheidung, dass Sie den besten Trainer haben sollten, der im Augenblick für Geld zu haben ist.« Er sah Will unverwandt an. »Es könnte der Eindruck entstehen, dass Sie überhaupt nicht gewinnen *wollen.*«

»Mit anderen Worten, er soll das Geld nehmen und sein Maul halten«, sagte James hitzig. »Aber davon steht nichts im Vertrag.«

Rufus Hawk breitete die Arme aus. Sein schwerer Goldring blitzte auf. »Wie schnell Leute doch in die Hand beißen, die sie füttert«, sagte er langsam. »Vor ein paar Monaten haben Sie mich noch angebettelt, dass ich Will nehmen soll. Und jetzt wehren Sie sich dagegen, dass ich meine Investition schützen will.« Er beugte sich vor. »Haben Sie vergessen, wie viel Geld dabei auf dem Spiel steht, Anderson?« Er sah sein Gegenüber kalt an. »Ich habe mich damit einverstanden erklärt, Sie vorläufig weiter zu bezahlen, James. Provozieren Sie es nicht, dass ich dieses Detail des Vertrags ändere.«

»Sie bezahlen mich!«, warf ihm James hin. »Als was denn? Als Assistent des Trainers?« Er sah zu Johansson hinüber. »Was soll ich machen? Den Laufburschen spielen, Getränke holen und Handtücher aufheben?«

»Wenn Ihnen das zu anspruchsvoll ist, gibt es eine einfache Alternative«, sagte Hawk. »Sie können gehen.« Er verengte die Augen und mustere James abschätzig. »Da ist die Tür.«

»Nein!«, schaltete sich Will ein. Seine Stirn war schweißnass. »Das erlaube ich nicht. James bleibt.« Er schaute zu seinem älteren Bruder hoch. »Ohne James geht es nicht. Ich brauche ihn.«

»Oh, Sie sollen ihn auch haben«, sagte Hawk. Seine Stimme klang plötzlich ölig. »Ich habe keine Differenzen mit James. Ich will nur das Beste für Sie, Will. Und das ist Lars.« Er lächelte. »Ich wünschte nur, Sie würden das einsehen. Meine ganze Sorge gilt Ihnen – und Ihrer Karriere.« Er sah von einem Bruder zum anderen. »Und das geht uns doch allen hier so, oder?« Er hob fragend die Augenbrauen. »Und alles wäre sehr viel leichter, wenn nicht verletzter Stolz dem gesunden Menschenverstand im Weg stünde.« Das war direkt an James gerichtet. »Nun, ich habe alles versucht. Wenn Sie möchten, dass ich den Vertrag mit Lars breche und Sie wieder von James trainieren lasse – dann tue ich das. Ich möchte nicht mit Ihnen herumstreiten.« Hawk warf Will einen eiskalten Blick zu. »Möchten Sie das wirklich?«

Will fuhr sich angespannt mit den Händen über das Gesicht. Er zögerte lange.

»Nein«, murmelte er dann. »Das möchte ich nicht. Aber ohne James kann ich nicht mein Bestes geben.«

Hawk sah James an. Der nickte knapp.

»Ausgezeichnet«, schloss Hawk. »Sehen Sie, wie leicht das war? Also, alle sind glücklich. Lars kann sofort mit dem Training beginnen und wird Sie hoffentlich ein wenig in Gang bringen, Will. Sie wären doch der Erste, der zugeben würde, dass Sie das brauchen, nicht wahr? Sie wissen, dass Sie zuletzt unter Ihren Möglichkeiten gespielt haben. Lars wird das ändern. Sie werden sehen – bevor Sie wissen, wie Ihnen geschieht, stehen Sie auf dem Centrecourt, halten den Champion's Cup in den Händen und fragen sich, warum Sie sich so angestellt haben.«

Alex hatte sich die Unterhaltung mit grimmiger Faszination angehört. Er musste zugeben, dass Hawk sein Geschäft verstand. Er war aalglatt und überaus clever. Er hatte das Gespräch meisterhaft manipuliert: Will in die Ecke gedrängt, James in die Defensive versetzt und in jeder Hinsicht seinen eigenen Willen durchgesetzt. Alex konnte nicht anders, als Hawks kluges Manöver zu bewundern, auch wenn er nicht wusste, was man an diesem Mann mögen konnte.

Eines war jedenfalls sicher: Wenn Will oder James es sich mit Rufus Hawk verscherzten, würden Sie Schwierigkeiten bekommen.

Lars Johansson ergriff zum ersten Mal das Wort. Seine Stimme war dunkel und rau. »Ich kann meinen Job nicht gut machen, wenn Will die ganze Zeit von Polizei umgeben ist«, sagte er knapp und unterstrich seine Worte mit einer Handbewegung. »Das ist unmöglich. Mache ich nicht.«

»Alex wird nur im Hintergrund agieren, Mr Johansson«, beruhigte ihn Jack Cooper. »Er wird Ihnen nicht im Weg sein.«

Johansson neigte zustimmend den Kopf. Hawk zuckte die Achseln, als interessiere ihn der Polizeischutz seines Klienten nicht weiter.

»Damit ist die Sache also beschlossen«, sagte Cooper. »Alex bleibt.«

Zehntes Kapitel

Es war Mittag. Maddie saß in ihrem Zimmer; sie hatte die Vorhänge zugezogen. Sie trug noch ihren weißen Frottee-Morgenmantel und saß mit angezogenen Beinen auf einem Stuhl vor ihrem PC. Auf dem Bildschirm erschienen in raschem Wechsel neue Seiten. Sie surfte im Netz – allerdings nicht, um sich die Zeit zu vertreiben. Sie suchte etwas Bestimmtes.

Sie hörte ein leises Klopfen an der Tür.

»Ja?«

Ihre Großmutter kam herein. »Es ist so dunkel hier drin«, sagte sie. »Soll ich nicht die Vorhänge aufziehen?«

»Hm? Oh – ja, bitte.«

Die alte Dame bahnte sich einen Weg durch das unordentliche Zimmer und zog die Vorhänge auf. Sonnenlicht flutete ins Zimmer herein.

Maddie blinzelte.

»So, jetzt ist es besser«, sagte ihre Großmutter und ignorierte freundlicherweise das Chaos auf dem Boden. »Es ist so ein schöner Tag heute. Ich fahre in den Gartenbaumarkt und hole Blumenerde.« Sie beugte sich über Maddies Schulter. »Willst du mitkommen oder bist du zu beschäftigt?«

»Ich bleibe lieber hier, wenn das okay ist«, sagte Maddie. »Ich muss noch ein paar Sachen fertig machen.«

Ihre Großmutter lächelte. »Hausaufgaben?«

»So was Ähnliches.« Maddie sah in das freundliche Gesicht ihrer Oma. »Ich soll eine Akte über Will Anderson zusammenstellen. Ich suche gerade im Internet. Es gibt zwar jede Menge Treffer, aber das meiste handelt von der Entführung oder seiner Karriere. Ich hatte gehofft, ich würde etwas Interessanteres finden.«

Ihre Großmutter sah auf den Bildschirm und runzelte leicht die Stirn. Sie legte ihrer Enkelin eine Hand auf die Schulter. »Arbeite nicht so viel«, sagte sie mit einem leisen Lachen. »Aber warum sage ich das überhaupt?«, fragte sie kichernd. »Du bist wie dein Vater, du gibst nicht auf, bevor du findest, was du suchst.«

Maddie lächelte zu ihr hoch. »Bin ich Dad wirklich so ähnlich?«

Ihre Großmutter nickte. »Du hast die ganze Sturheit deines Vaters geerbt – aber auch den Mut und den gesunden Menschenverstand deiner Mutter. Eine gute Kombination.« Die alte Dame beugte sich vor und gab Maddie einen leichten Kuss auf die Stirn. »Vergiss nicht, was zu Mittag zu essen, okay?«

»Mach ich.«

Die Großmutter verließ das Zimmer. Kurz darauf hörte Maddie, wie die Wohnungstür geschlossen wurde. Sie war allein in der Wohnung und konzentrierte sich wieder auf ihren Bildschirm. Sie suchte nach irgendetwas, das über die übliche jüngste Sportberichterstattung hinausging – und etwas anderes als die immer gleichen nichts sagenden Auflistungen von Will Andersons Erfolgen im Welttennis-Zirkus.

Schließlich fand sie auf der Webseite eines Fans, wonach sie suchte.

Eine detaillierte Homepage erschien auf dem Bildschirm.

Maddie war beeindruckt. Da hatte sich jemand große Mühe gemacht. Die Seite enthielt tief gehende Porträts einer ganzen Reihe britischer Tennisspieler.

Maddie klickte die Seite Will Andersons an.

Es gab mehrere Fotos, Porträts und Aufnahmen des Stars in Aktion. Und es gab eine Biografie.

Maddie beugte sich interessiert vor. Genau das hatte sie gesucht.

»Will und James Anderson wurden im Süden Londons, in dem grünem Vorort Chislehurst geboren, wo sie auch aufwuchsen. Ihre Mutter Eliza war Rechtsanwältin, ihr Vater Henry ein erfolgreicher Geschäftsmann, der eine Firma leitete, die Büromaterial verkaufte. James war vier Jahre alt, als Will geboren wurde. Den beiden Jungen fehlte es an nichts. Henry Anderson war immer ein leidenschaftlicher Sportler gewesen und bemerkte schnell das Talent seiner Söhne auf den Plätzen des örtlichen Tennisclubs. Er ermutigte die beiden Jungen an Junioren- und Schulwettkämpfen teilzunehmen. Zu dieser Zeit schien James der Star der Familie zu sein. Er gewann mehrere Londoner und südostenglische Meisterschaften, bevor ein tragischer Unfall seiner aufstrebenden Karriere ein jähes Ende bereitete.«

Maddie war überrascht. Ein tragischer Unfall? James? Das war ihr neu. Sie konzentrierte sich wieder auf den Text, während ihre Hand fast unbewusst die Maus bewegte, um die Seite hinunterzuscrollen.

»Zum Zeitpunkt des Unfalls war James elf Jahre alt. Der siebenjährige Will war im Garten auf einen Baum geklettert und merkte zu spät, dass er es nicht mehr hinunterschaffte. James war gerade im Haus, als er seinen Bruder um Hilfe rufen hörte. Er kletterte auf den Baum, um Will zu retten. Aber offenbar brach ein Ast und die beiden Jungen fielen über den Zaun in den Garten einer Nachbarin. Sie fielen in einen großen Rosenbusch. Will schlug mit dem Kopf auf einen gepflasterten Gartenweg und war bewusstlos. Sein Bruder jedoch wurde ernsthaft verletzt: Ein Dorn stach in sein rechtes Auge.

Ihre Nachbarin, Mrs Marion Greer, kam ihnen zu Hilfe. Als sie bemerkte, dass die Jungen verletzt waren, fuhr sie sie sofort ins Krankenhaus.

Will erholte sich schnell und litt unter keinerlei Folgen des Sturzes. Doch James hatte weniger Glück. Er wurde mit einem Riss in der Netzhaut des rechten Auges in einen Operationssaal gebracht. Die Ärzte taten ihr Bestes, doch als die Verbände später entfernt wurden, war James auf dem rechten Auge völlig blind. Das war das frühe Ende seiner Tenniskarriere. Ein vernichtender Schlag für ihn und seine Familie – und ganz besonders auch für seinen Bruder Will, der sich für den Unfall verantwortlich fühlte.«

Maddie lehnte sich zurück und stieß den beim Lesen angehaltenen Atem aus. James war halb blind! Wenn man ihn kennen lernte, merkte man überhaupt nichts davon. Es fiel Maddie nicht schwer, sich in James' Gefühle hineinzuversetzen, als er erkannte, dass all seine Träume und Wünsche zerstört waren. Genau das Gleiche war ihr ja auch geschehen. Das Gefühl, dass alles vorbei sei. Fast schon das Gefühl, dass es keinen Grund gäbe noch weiterzuleben.

Sie ging mit dem Cursor zu einem Porträt von Will. Wie er sich wohl gefühlt hatte? Es musste entsetzlich für ihn gewesen sein.

Maddie las weiter.

Das Pech schien die Familie Anderson zu verfolgen …

»Sieben Jahre später starben beide Eltern bei einem Autounfall. Doch irgendwie erholten sich die Jungen auch von diesem zweiten schweren Schlag. Will setzte seine angehende Tenniskarriere fort und James arrangierte sich mit seiner Behinderung, er ersetzte Will den Vater und wurde sein Coach. Trotz aller familiärer Schwierigkeiten gewann Will weiterhin. Er konzentrierte sich ganz auf seine Karriere und ist in der Tennisweltrangliste inzwischen immer höher geklettert, James blieb stets an seiner Seite.«

Maddie starrte aus dem Fenster. Sie sah nichts, war in Gedanken versunken.

Genau in dem Augenblick, als Will Anderson kurz vor seinem größten Triumph stand, hatte Rufus Hawk seinen Bruder James zur Seite gedrängt und durch einen völlig fremden Trainer ersetzt.

Und als wäre das noch nicht genug, wurde er auch noch entführt und von einem offenbar Verrückten verfolgt. Maddies Augen verengten sich entschlossen zu Schlitzen. Wenn die PIC Shadow nicht schnappte, würde die glücklose Familie bald vor ihrer dritten Tragödie stehen: der Folterung und dem kaltblütigen Mord an Will Anderson.

Elftes Kapitel

Danny war bei der Arbeit – und er war gelangweilt. Er lehnte sich in seinem Stuhl zurück und bediente die Tastatur mit ausgestreckten Armen. Er sah mit halb geschlossenen Augen auf seinen Bildschirm. Schon den ganzen Morgen hatte er in der PIC-Zentrale vor dem PC verbracht. Er begann fast schon zu schielen. So ging es ihm immer im Büro. Er war lieber draußen unterwegs, oder in seinem Überwachungswagen, in dem er bei den Fahrten durch die Straßen den verborgenen Geräuschen der Stadt lauschen konnte.

Danny gähnte und streckte seine Beine aus.

Er hatte den Auftrag erhalten, Recherchen über das Gebäude anzustellen, in dem Alex und Will Anderson gefangen gehalten worden waren. Wenn *gefangen gehalten* überhaupt der richtige Ausdruck war. Schließlich hatten die beiden Jungs nur eine Türklinke drücken müssen, um freizukommen, dachte er skeptisch.

Kurz darauf fand er eine nützliche Internetseite. Sie listete die Details aller im Bau befindlicher Wohnblocks in den Docklands auf.

Er recherchierte weiter und fand einen Wohnblock namens Angel Buildings. Es gab sogar eine eigene Website dazu. Die grafische Darstellung war beeindruckend. Die Homepage besaß computergenerierte Bilder, die zeigten, wie das Gebäude aussehen würde, wenn es fertig wäre. Die Werbung für Alex'

Gefängnis lautete: »Leben wie ein Engel, im Himmel über London – in den Angel Buildings!«
Danny klickte sich in die Seite.
Eine blaue Schrift auf weißem Hintergrund erschien.
SEITE VORÜBERGEHEND NICHT ZUGÄNGLICH.
Danny runzelte die Stirn. Seltsam. Er versuchte es gleich noch einmal. Wieder nichts. Also musste er das Beste aus der Hauptseite machen. Doch außer, dass der Bauträger „Redbridge Holdings" hieß, fand Danny keinerlei weitere Informationen. Also klickte er wieder die Angel Buildings-Homepage an. Redbridge war zwar der Träger, las er jetzt, führte den Bau jedoch nicht selbst aus. Dafür war eine Firma namens HCGM Construction zuständig.
Danny ließ nicht locker. Mit einer Suchmaschine fahndete er nach HCGM Construction. Ins Schwarze getroffen! Die Firma hatte ein Büro in London. Eine Telefonnummer, Faxnummer, E-Mail-Adresse und Kontaktnamen waren aufgeführt.
Danny entschied sich für die schnellste Möglichkeit. Er griff nach seinem Schreibtischtelefon und gab die Nummer ein.
Fünf Minuten später war Danny unterwegs. Er hatte sich seine Jacke über die Schultern geworfen und stand grinsend im Lift, der sich Richtung Erdgeschoss bewegte. Der Anruf hatte ihm einen guten Grund gegeben, sofort loszuziehen. Der Generaldirektor der HCGM besuchte gerade ein Gebäude, das nur wenige Blocks von der PIC-Zentrale entfernt lag. Es war ein Typ namens Eric Black. Vielleicht könnte er ihm sagen, wer die Redbridge Holdings eigentlich leitete, damit etwas Licht in die Sache kam.
Das Gebäude lag verborgen hinter einer Menge von Gerüsten mit schützenden Planen. Danny zeigte seinen PIC-Ausweis,

um hineingelassen zu werden. Man gab ihm einen Schutzhelm und zeigte ihm Eric Black. Er stand tief im Inneren des Gebäudes, hielt einige zusammengerollte Baupläne hoch und unterhielt sich mit einem Vorarbeiter. Black war kurz und stämmig und hatte ein feistes rotes Gesicht.

Danny wartete das Ende der kurzen Unterhaltung ab.

»Entschuldigen Sie, Mr Black«, sagte er dann. »Haben Sie kurz für mich Zeit?«

Black sah ihn finster an. »Nein«, bellte er. »Ich hab's eilig.«

Danny hob die Augenbrauen und zeigte dem Mann seinen PIC-Ausweis. »Nehmen Sie sich trotzdem die Zeit«, sagte er lächelnd. »Ich möchte Ihnen gern ein paar Fragen über eine Firma namens Redbridge Holdings stellen.«

Blacks Gesichtsausdruck wurde noch grimmiger. »Das wundert mich gar nicht, dass die Polizei hinter denen her ist«, knurrte er. »Ich hoffe, die bekommen, was sie verdienen. Das sind doch lauter Betrüger!«

»Warum das denn?«, fragte Danny. Sofort begann sein Herz schneller zu schlagen. Es sah ganz so aus, als hätte er etwas gefunden! »Meinen Sie die Angel Buildings?«

Der Mann sah ihn wütend an. »Ich hab die Arbeit dort vor zwei Wochen abbrechen lassen. Man schuldet mir acht vertraglich festgelegte Zahlungen.« Er zeigte mit einem nikotingelben Finger auf Danny. »Wollen Sie wissen, was ich von Redbridge halte?«, fragte er. »Dann sage ich's Ihnen – ich hoffe, der schleimige Widerling, dem der Laden gehört, wandert in den Knast!«

Danny zog sein Notizbuch aus der Tasche.

Das klang ja sehr interessant …

Alex saß auf einer Holzbank neben dem Rasenplatz. Er trug eine Sonnenbrille im Pilotenstil zum Schutz vor der grellen Mittagssonne. Will war auf dem Platz und wurde von seinem Trainer Lars Johansson ziemlich herumgehetzt. Der sauertöpfische Däne ließ ihn immer wieder an seinen schwächsten Schlägen arbeiten. Alex fiel selbst mit seinen begrenzten Tenniskenntnissen auf, dass Will Andersons Rückhand verbesserungsbedürftig war.

Am Morgen waren sie zusammen im Kraftraum gewesen. Alex hatte mit Will an den verschiedenen Geräten trainiert. Alex mochte das gute Körpergefühl nach einem harten Training. Er fühlte sich danach immer wie neu geboren.

Neben Alex' energischen Trainingsbewegungen hatte Will regelrecht müde gewirkt. Er hatte hart gearbeitet, doch schien es ihn unglaubliche Anstrengung zu kosten. Und jetzt auf dem Rasenplatz erging es ihm kaum besser. Ihm gelangen zwar einige gute Schläge, wenn er den Ball übers Netz schmetterte oder hochstieg, um einen normalerweise kaum erreichbaren Lob zu bekommen. Aber manchmal schien er überhaupt nicht den Willen zu haben einen schwierigen Ball zu ergattern. Alex bemerkte, dass Johansson immer frustrierter wurde.

»Den hättest du kriegen müssen!«, bellte der Coach über den Platz. »Was ist los mit dir?« Will sah ihn mit hohlen Augen und hängenden Schultern an und ging mit gesenktem Kopf zur Grundlinie zurück.

Das sah nicht gerade gut aus für Wimbledon.

»Irgendetwas stimmt da nicht«, sagte eine tiefe Stimme hinter Alex' Rücken. Er wirbelte herum. Ein grauhaariger Mann beobachtete das Training durch den Maschendrahtzaun. Alex erkannte ihn, er war einer der Besitzer des Tennisclubs. »Ich habe Will vor wenigen Monaten bei den French Open gesehen. Er spielte viel besser. Er war vielleicht nicht brillant, aber viel stärker als jetzt. Irgendetwas muss da passiert sein.« Der grauhaarige Mann schüttelte den Kopf. »Er hat seinen Biss verloren, wissen Sie?«

»Er wird ihn wieder bekommen«, sagte Alex.

Der Mann schien das zu bezweifeln. »Ich hoffe es«, sagte er. »Aber ich glaube es eigentlich nicht. Er sollte jetzt absolut fit sein. Sehen Sie ihn sich an. Er ist müde. Hat kein Leben in den Beinen. Wenn der Junge sich nicht noch auf wundersame Weise steigert, ist er nach der ersten Runde draußen.«

Der desillusionierte Fan ging weiter – fast so, als könnte er es nicht ertragen, länger zuzuschauen.

Einige Minuten später bat Will um eine Pause. Er kam mit schweren Beinen zu Alex herübergetrabt. Er schwitzte und war sichtlich deprimiert über seine schwache Vorstellung. Er ließ sich neben Alex auf die Bank fallen.

Lars Johansson sah ihn von der anderen Seite des Netzes an. Es war ein harter, fragender Blick – als wenn der Däne überlegte, ob er seinen jungen Spieler überhaupt noch irgendwie motivieren könnte.

Will zog die Sporttasche zwischen seine Füße und kramte darin herum. Er holte eine Plastikflasche heraus, öffnete den Schraubverschluss, setzte die Flasche an den Mund und nahm einen großen Schluck.

Johansson legte den Raum zwischen dem Netz und der Bank in kürzerer Zeit zurück, als dass Will hätte schlucken können.

»Was zum Teufel tust du da?«, schrie der Trainer. Er riss Will die Flasche aus der Hand. Will sah ihn verblüfft an. Johansson war wütend – sehr wütend.

»Was ist das?«, fragte der Coach und schnüffelte am Flaschenhals.

»Nur ein Energiedrink«, protestierte Will. »Ich trinke das Zeug schon seit Monaten. James besorgt es mir.«
Johansson streckte den Arm aus und kehrte die Flasche um. Die klare Flüssigkeit platschte auf den Rasen. »Jetzt hör mir mal zu«, sagte er leise. »Ich weiß nicht, was das für ein Zeug ist, aber von jetzt an isst und trinkst du nur noch, was *ich* dir erlaube. Wenn du das nicht tust, steige ich ins nächste Flugzeug. Verstanden?«
Will schien protestieren zu wollen, doch Alex legte ihm beschwichtigend eine Hand auf den Arm. Will gab nach.
»Verstanden«, sagte er müde.
Der Däne nickte. »Entweder du folgst meinen Anweisungen ohne zu fragen, oder ich gehe. Ich kann nicht anders arbeiten.«
»Das habe ich schon gemerkt«, antwortete Will.
Lars Johansson drehte sich auf dem Absatz um und ging.
Will sah Alex unsicher an. »Ich weiß nicht, ob ich so trainieren kann«, sagte er leise.
»Klar kannst du das«, gab Alex zurück. »Natürlich wird es anfangs nicht leicht sein. Aber du wirst dich an ihn gewöhnen.«
»Vielleicht. Aber wird er sich an mich gewöhnen?«, fragte er ängstlich. »Manchmal habe ich den Eindruck, er verachtet mich, Alex. Ich kann ihm nichts recht machen. Sag mir eines, Alex: Wenn er mich für einen Loser hält, warum hat er sich dann bereit erklärt, mich zu trainieren?«
Alex antwortete nicht. Plötzlich war er auch nicht mehr sicher, ob sich Lars Johansson überhaupt wirklich für Will interessierte.

Zwölftes Kapitel

Mittwoch.
Mittag.
West London.
Danny bezahlte das Taxi.
Er strich seine Jacke glatt und sah sich um. Er stand auf einer schmuddeligen, heruntergekommenen Straße in Shepherd's Bush. Es gab ein paar vernachlässigte Läden. Etwas entfernt befand sich ein kleiner Fish-and-Chips-Imbiss; er konnte das verbrannte Bratfett bis hierher riechen.
Er ließ seinen Blick über die Häuserfronten wandern, suchte nach Hausnummern und versuchte sich zu orientieren.
Er suchte die Nummer 21 b.
Eric Black war ein regelrechter Steinbruch von wütend ausgestoßenen Informationen gewesen.
Der Geschäftsführer der Redbridge Holdings hieß Robert Harris. Black hatte gesagt, dass er den Laden allein schmeißen würde. Black hatte ihn nie persönlich kennen gelernt. Sie hatten ihre Geschäfte immer per Brief oder Fax getätigt, gelegentlich auch einmal telefoniert. Harris hatte Eric Black anfangs davon überzeugt, dass mit den Redbridge Holdings alles okay und das Kapital vorhanden wäre, um die Angel Buildings zu bauen.
Die ersten paar Monate war alles glatt gelaufen. Harris hatte bei Vertragsunterzeichnung sogar einen Vorschuss in bar ge-

zahlt. Doch dann begann er die Sache schleifen zu lassen. Rechnungen wurden nicht bezahlt. Harris machte Versprechungen, die er nicht hielt. Eric Black bekam heraus, dass Harris seine eigenen Leute zur Überwachung des Geschehens auf der Baustelle überhaupt nicht bezahlen konnte.
Black versuchte Harris zu erreichen, um die Angelegenheit zu klären. Als keiner seiner Anrufe beantwortet wurde, begann Black den Braten zu riechen. Er fuhr nach Soho, zum Büro der Redbridge Holdings. Eine gute Adresse im Herzen Londons. Aber da saß jetzt eine Werbeagentur. Robert Harris war schon lange verschwunden.
Black hatte Harris seitdem gesucht, aber der Geschäftsführer der Redbridge Holdings war untergetaucht.
Danny war mit all diesen Informationen in die PIC-Zentrale zurückgekehrt. Dort hatten sie ihre eigenen, ausgeklügelten Methoden jemanden aufzuspüren. Von der Zentrale breitete sich ein komplexes Netz zur Informationsbeschaffung aus. Danny hatte schnell die neue Adresse der Redbridge Holdings herausgefunden. Diesmal allerdings keine gute Adresse in Soho, sondern eine ziemlich miese Adresse in Shepherd's Bush.
Danny sah sich nun noch einmal um, taxierte die heruntergekommene Gegend, dann folgte er den ansteigenden Hausnummern. Bei jedem Schritt in Richtung des Fish-und-Chips-Imbisses nahm der Fettgestank zu.
Neben dem Imbiss führte ein schmaler Gang ins Haus mit der Nummer 21 b. Danny durchquerte den Gang und kam an eine seitliche Tür, von der die Farbe abblätterte. Sie ließ sich öffnen. Eine schmale Treppe führte nach oben. Der Bratfettgestank begleitete ihn hinein. Auf dem Boden lag ein ganzer Stapel Post. Danny hob die Briefe auf. Sie waren alle entweder

an Robert Harris oder an die Redbridge Holdings adressiert. Einige Umschläge waren rot: Mahnungen.
Danny ging die Treppe hinauf. Auf einem kleinen Absatz auf halber Höhe befand sich ein verschmiertes Fenster, durch das etwas Licht fiel. Oben an der Treppe war eine unbeschriftete Tür mit einer großen Milchglasscheibe.
Danny drückte die Klinke. Die Tür war verschlossen. Er überlegte einige Augenblicke. Dann zog er seinen Geldbeutel aus der Tasche und suchte nach einer passenden Kreditkarte. Er schob sie neben das Schloss zwischen Tür und Rahmen.
Eine Minute später hatte er die Tür auf. Sie öffnete sich in einen leeren Raum, der ebenfalls nach dem Bratfett des Imbissladens unten roch.
Auf dem Boden stand ein Faxgerät mit Telefon und Anrufbeantworter. Ein rotes Lämpchen blinkte wie verrückt – im Speicher befanden sich jede Menge nicht abgehörte Anrufe. An der Rückseite des Gerätes lagen zahllose Blätter Papier: ganze Berge von Nachrichten und Mahnungen, monatelang ungelesen.
Ungeöffnete Briefe. Unbeantwortete Faxe. Nicht abgehörte Nachrichten. Es war klar, dass Harris diesen Ort nie als Büro benutzt hatte. Es war nur eine Scheinadresse, die er eingerichtet hatte, um unangenehme Leute abzuschütteln.
Danny drückte auf einen Knopf des Gerätes und rief die einzelnen Nachrichten ab. Er ging in dem leeren Raum auf und ab und hörte sich eine ganze Reihe wütender Anrufe an. Offenbar schuldeten die Redbridge Holdings vielen Leuten viel Geld.
»Wenn man eine Entführung plant«, murmelte er vor sich hin, »würde man seine Geiseln doch eigentlich irgendwohin bringen, wo sie nicht so schnell gefunden werden. Man würde

nicht gerade eine halb fertige Wohnung inmitten eines Wohnblockes aussuchen, wenn man nicht wüsste, dass die Bauarbeiter dort abberufen wurden …« Er runzelte die Stirn. »Interessant.«

Danny rannte die Treppe hinunter, den Gang entlang und betrat den Imbiss. Die heiße, fettige Luft traf ihn wie ein Schlag ins Gesicht. Eine Frau mit glänzendem Gesicht warf ihm einen hoffnungsvollen Blick über die Theke zu. Danny kaufte eine Portion Pommes.

»Wissen Sie, wer den Raum oben gemietet hat?«, fragte er.

Die Frau schüttelte den Kopf. »Die Mieter kommen und gehen«, sagte sie. »Da müssen Sie mit der Hausverwaltung reden. Die wird es wissen. Warum? Sind Sie daran interessiert, mein Lieber?«

»Wissen Sie, wo die Verwaltung sich befindet?«, fragte er und ignorierte ihre Frage.

Die Frau nannte ihm die Adresse. Sie befand sich nur zwei Straßen weiter.

Danny nahm die Pommes und verließ den Laden. Er warf sie neben einer Bushaltestelle in einen Mülleimer und wischte sich seine Hände sorgfältig an einem weißen Taschentuch aus seiner Jackentasche ab.

Der Hausverwalter saß an einem riesigen Tisch vor einem breiten Fenster, das mit »Zu vermieten«- und »Zu verkaufen«-Zetteln voll geklebt war. Zuerst wollte der Mann mit dem nüchternen Gesichtsausdruck nur widerwillig Informationen über seine Klienten herausgeben. Doch Dannys PIC-Ausweis lockerte ihm die Zunge.

Der Raum über dem Imbissladen wurde jeweils von Monat zu Monat vermietet – derzeit an einen Mr J. Smith. Die Miete musste jeweils am letzten Samstag eines Monats bar bezahlt

werden. Mr Smith kam ins Büro des Verwalters, gab ihm das Geld und verschwand bis zum nächsten Monat.
Der Hausverwalter wusste nichts weiter über ihn. Er hatte keine Adresse. Keine Telefonnummer. Nichts. »Wenn es nach mir geht«, sagte er mit einer erstaunlich hohen Stimme zu Danny, »kann dieser Mr Smith einmal im Monat vom Mars heruntergebeamt werden, um die Miete zu zahlen. So lange ich das Geld kriege, stelle ich keine Fragen.«
Der mysteriöse Mieter musste das nächste Mal in fünf Tagen ins Büro des Hausverwalters kommen.
Danny würde da sein.
Und wenn sich herausstellte, dass dieser Mr Smith der Robert Harris der Redbridge Holdings und Besitzer der Angel Buildings war, hatte Danny schon einige Fragen parat, die er ihm stellen würde.

✻

Es war der letzte Tag vor Beginn des Wimbledon-Turniers. Will Anderson stand auf einem der Rasenplätze in Roehampton und spielte gegen Lars Johansson. Der hagere Däne platzierte seine harten Schläge alle auf Wills Rückhand und zwang den jungen Spieler damit an seiner Schwachstelle zu arbeiten. Der Trainer war gnadenlos. Er gab Will gar nicht erst die Chance sich zwischen den Ballwechseln zu erholen. Er hielt ihn dauernd in Bewegung, ohne Erbarmen. Immer neue Bälle schossen über das Netz auf Will zu. Die meisten von ihnen schienen deutlich über 90 Kilometer die Stunde schnell zu sein, schätzte Alex. Kein Zweifel, Lars Johansson war ein starker Gegner. Aber Will würde in Wimbledon sehr viel jüngeren und sehr viel schnelleren Spielern gegenüberstehen …

Alex schirmte seine Augen mit der Hand gegen die Sonne ab. Er musste zugeben, dass sich die Trainingsmethoden des neuen Trainers auszuzahlen schienen. Obwohl Johansson erst wenige Tage mit Will arbeitete, hatte dessen Spiel deutlich mehr Biss bekommen.
Er schien nicht mehr so schnell zu ermüden. Er war schneller geworden. Seine Reflexe waren schärfer. Alex sah, dass auch Will die Veränderung bemerkt hatte. Er bewegte sich lockerer auf dem Platz. Er erreichte schwierigere Bälle. Er bewegte sich sicherer und zuversichtlicher auf dem Feld.
Die Sache schien jetzt viel versprechender für Wimbledon.
Alex war inzwischen in das Apartement gezogen, das die Anderson-Brüder für sich angemietet hatten. Es lag in der Somerset Road, mit Blick auf den weltbekannten All England Lawn Tennis Club. Alex war jetzt praktisch vierundzwanzig Stunden am Tag mit Will zusammen. Wenn irgendetwas geschähe – Alex wäre zur Stelle.
In seiner Tasche klingelte das Handy.
Er hob es ans Ohr. »Ja?«
»Hi, wir sind da.« Es war Maddie.
»Okay. Ich komme.«
Alex steckte das Handy ein und ging zum Haupteingang des privaten Tennisclubs. Maddie und ihre Ballettfreundin Laura Petrie standen dort und warteten auf ihn. Der Türsteher ließ sie nicht hinein. Er hatte die Anweisung, überhaupt niemanden hineinzulassen. In den letzten wichtigen Stunden vor Turnierbeginn sollte Will Anderson auf keinen Fall von Fotografen und Journalisten gestört werden. Die Medien lauerten überall auf ihn, nachdem Rufus Hawk ihren Appetit durch immer neue Nachrichten über seinen Klienten genügend angeregt hatte. Soweit Alex es beurteilen konnte, war der Sport-

artikel-Mogul im Rampenlicht der Medien ganz in seinem Element.

»Ist okay, Frank, die beiden gehören zu mir«, sagte Alex zu dem Türsteher. Er zwinkerte Maddie zu und grinste Laura an. Sie schaute mit großen Augen auf den Eingangsbereich des Clubs. Sie trug ein kurzes weißes Kleid, das ihre vom Tanzen trainierten langen Beine sehen ließ, und hatte teures Make-up aufgetragen. Alex musste zugeben, dass sie wirklich gut aussah.

Laura hatte nicht nachgegeben. Sobald sie herausbekommen hatte, dass die PIC-Zentrale Will Anderson rund um die Uhr bewachen ließ, war sie fest entschlossen, ihn kennen zu lernen. Nachdem sie Maddie tagelang am Telefon angebettelt hatte, gab diese schließlich nach und bat Alex, den Tennisstar zu fragen, ob das okay wäre. Da Will nichts dagegen hatte, brachte Maddie ihre Freundin nun also nach Roehampton.

Alex führte die beiden jungen Frauen durch den Eingangsbereich zu den Tennisplätzen.

»Oh, wow«, hauchte Laura beim ersten Anblick des attraktiven Spielers.

Johannson knallte ihm einen Tennisball nach dem anderen über das Netz zu. Er ließ ihn von einer Ecke des Platzes in die andere hetzen. Aber Will war inzwischen so fit, dass er auch noch an die schwierigsten Bälle des Dänen herankam.

Alex, Maddie und Laura beobachteten ihn durch den Maschendrahtzaun. Sie wollten nicht auf den Platz gehen, um die Spieler nicht zu stören.

Will gewann das Spiel mit einem spektakulären Vorhandknaller, der Johansson ziemlich alt aussehen ließ.

Die drei Zuschauer begannen zu applaudieren.

Will grinste und verbeugte sich vor seinem Publikum. Alex

öffnete die Tür im Zaun und machte Laura ein Zeichen. Der Däne schaute von der anderen Seite des Netzes herüber, grimmig wie immer.

Laura ging strahlend auf Will zu. Sie fühlte sich wie in einem Traum.

Will hob fragend die Augenbrauen und sah zu Maddie.

»Dein größter Fan«, erklärte Maddie. »Will, das ist Laura. Erinnerst du dich? Die Freundin, für die ich ein Foto von dir mit Autogramm wollte?«

Will lächelte, wobei sich kleine Fältchen in seinen Augenwinkeln bildeten. »Natürlich. Wie geht's, Laura?«

»Gut«, antwortete Laura mit hochroten Wangen. »Ist echt total nett, dass wir dir beim Training zuschauen dürfen. Ich meine, du musst doch total nervös sein, wenn das Turnier morgen beginnt. Na ja, nicht, dass du *wirklich* nervös sein müsstest, also, äh …« Sie warf Maddie einen hilflosen Blick zu. Maddie sah sie amüsiert an. Halb genoss sie ja Lauras Verlegenheit – es geschah ihr gerade recht, schließlich war sie Maddie die ganze Woche mit ihrer Bettelei auf die Nerven gegangen.

Wills Lächeln wurde noch breiter.

Doch plötzlich unterbrach eine harte Stimme ihre Unterhaltung. »Wir arbeiten jetzt weiter. Wir haben noch viel zu tun. Keine weiteren Unterbrechungen.« Johansson funkelte Alex wütend an. »Sie gehen jetzt. Ich bestehe darauf.«

»Ja, ist okay, Mr Johansson«, sagte Alex schnell. »Wir gehen ja schon.«

Laura wirkte ziemlich geknickt, dass ihr Treffen mit Will Anderson so kurz ausgefallen war.

»Tut mir Leid, dass ich im Augenblick keine Zeit habe, mich mit dir zu unterhalten«, sagte Will zu ihr. »Hey – warum kommt ihr zwei nicht heute Abend hier vorbei? Alex kann euch alles erklären.«

Alex führte sie zu der Tür im Gitterzaun und begleitete sie hinaus. Schon hämmerte Lars Johansson weitere Bälle über das Netz, als wollte er Will vernichten.

»Was ist denn heute Abend?«, fragte Laura Alex.

»Rufus Hawk hat eine weitere Pressekonferenz arrangiert«, sagte Alex. »Er hat dem Rest der Welt schon wieder etwas zu erzählen. Etwas wirklich Gigantisches.«

»Inwiefern?«, fragte Maddie.

Alex zwinkerte ihr zu. »Da musst du dich bis heute Abend gedulden, wie alle anderen auch«, sagte er. »Aber wenn es stimmt, was Will mir gesagt hat, hat Rufus einen ziemlich spektakulären Vertrag abgeschlossen.« Er lachte. »Es sieht so aus, als würde Will Anderson jetzt auch noch ein Filmstar.«

Dreizehntes Kapitel

Dean Street, West London.

Im Groucho Club im ersten Stock.

Ein Privatzimmer.

Mehrere Stuhlreihen standen einem langen Tisch gegenüber. Reporter, Sportjournalisten und Fotografen nahmen die Plätze ein. Im Hintergrund kämpften die Kameramänner der BBC, von ITN und Sky News um die besten Plätze. An allen Wänden prangten das »Moonrunner«-Logo und dramatische Schwarz-Weiß-Aufnahmen von Will Anderson in Aktion auf dem Platz.

Am Tisch saßen Will Anderson, Rufus Hawk und Lars Johansson. James stand neben dem Tisch. Er schien sich nicht besonders wohl zu fühlen. Will blinzelte ins Blitzlichtgewitter. Rufus grinste übers ganze Gesicht. Er hatte einmal mehr erreicht, was er wollte.

Alex, Laura und Maddie standen in der Nähe der Tür.

Alex war die Situation unangenehm. Die Menge war einfach zu unübersichtlich. Gut, die Anwesenden hatten alle Presseausweise vorgezeigt – aber wäre es ein großes Problem, sich einen gefälschten Presseausweis zu beschaffen? Wäre es ein Problem einen wirklichen Journalisten zu entführen, ihn zusammengeschlagen in irgendeiner Hintergasse liegen zu lassen und mit seinem Ausweis abzuhauen?

Alex suchte mit den Augen die Gesichter der Reporter ab. Er

hoffte, dass nichts Unvorhergesehenes passierte. Obwohl Hawk es irgendwie geschafft hatte, seinen Klienten die ganze Woche über auf den Titelseiten der Boulevardblätter zu platzieren, war es Alex gelungen, Will größere Menschenansammlungen vom Hals zu halten. Doch Hawk hatte darauf bestanden, dass Will bei der groß angekündigten Pressekonferenz dieses Abends dabei wäre. Und das bereitete Alex einiges Kopfzerbrechen.

Die Konferenz hatte noch nicht begonnen. Der Raum war angefüllt mit dem Geräusch von einem Dutzend oder mehr sich überlagernder Gespräche. Alex und Maddie hatten sich ein wenig von Laura abgesetzt; sie schien glücklich zu sein, an einer Wand lehnen und ihr Idol beobachten zu dürfen. Alex und Maddie steckten die Köpfe zusammen und unterhielten sich leise. Alex war einige Tage nicht in der Zentrale gewesen und ließ sich von seiner Kollegin auf den neuesten Stand der Dinge bringen.

»Danny verfolgt eine Spur in Shepherd's Bush«, erzählte sie ihm. »Sonst gibt es allerdings nichts Neues. Spider ist und bleibt verschwunden.«

»Das überrascht mich nicht«, sagte Alex. »Bei einem Profikiller können wir schließlich davon ausgehen, dass er seine Spuren gut verwischt. Was ist mit Shadow?«

»Ken Lo hat fünf Leute auf ihn angesetzt, aber noch nichts herausbekommen.«

Alex lächelte sie flüchtig an. »Auf *ihn?* Bist du sicher, dass Shadow ein Mann ist? Nach unseren bisherigen Informationen können wir es auch mit einer Frau zu tun haben.«

Maddie runzelte die Stirn. »Ich weiß nicht. Die Fotos mit den herausgeschnittenen Augen scheinen mir nicht unbedingt von einer Frau zu stammen.«

Alex musterte sie. »Warum nicht? Erinnerst du dich an die Freundin, von der sich Will vergangenes Jahr getrennt hat? Vielleicht will sie sich an ihm rächen. Wenn Beziehungen in die Brüche gehen, passieren manchmal merkwürdige Sachen.«

»Sonia Palmer?«, fragte Maddie. »Ausgeschlossen. Nachdem du uns von ihr erzählt hast, haben wir eine Routineüberprüfung durchgeführt. Sie lebt jetzt in New York.«

»Das ist auch nicht so weit weg«, sagte Alex. Er spitzte nachdenklich den Mund. »Jedenfalls kann ich dir eines mit Sicherheit sagen: Wer auch immer hinter der Entführung steckt – Hawk schlachtet die Sache aus bis zum Gehtnichtmehr.« Er nickte in Richtung Tisch. »Sieh ihn dir an. Er schafft es, dass ihm all diese Leute aus der Hand fressen. Vor zwei Wochen haben sie Will noch auf der Abschussliste gehabt – und jetzt sind alle ganz verrückt nach ihm.«

»Tja, schlechte Nachrichten sind eben seit je die besten Nachrichten«, sagte Maddie. »Will ist für Hawks ›Moonrunner‹ inzwischen wahrscheinlich schon doppelt so viel wert wie zu Anfang.«

»Genau«, stimmte Alex zu. »Ich kann mir kaum vorstellen, dass es in diesem Land noch jemanden gibt, der noch nicht von den ›Moonrunner‹-Sportklamotten gehört hat … Okay, ich drehe noch mal eine Runde«, sagte er dann, ging langsam in den hinteren Bereich des Raumes und ließ seinen Blick geübt über die anwesenden Leute wandern.

»Aufgepasst, bitte«, erhob sich Rufus Hawks nasale Stimme über das Gemurmel im Raum. »Vielen Dank, dass Sie hierher gekommen sind.« Sofort wurde es ruhig. »Ich möchte Ihnen zuerst sagen, dass wir uns über die Fortschritte freuen, die Will unter seinem neuen Trainer Lars macht. Wir sind mehr als je davon überzeugt, dass wir die Wimbledon-Trophäe gewinnen werden.«

Maddie sah Johansson an. Unbewegt und ausdruckslos wie eine Granitstatue saß er da. Sie konnte ihn überhaupt nicht einschätzen. Dann wanderte ihr Blick zu James. Er sah aus wie jemand, der jetzt am liebsten ganz woanders wäre. Sein Designer-T-Shirt war zerknittert und auf seiner Stirn stand der Schweiß. Er hatte dunkle Ringe unter den Augen – offensichtlich lagen schlaflose Nächte hinter ihm. Maddie empfand Mitgefühl für ihn. James schien entschlossen zu sein bei seinem Bruder zu bleiben, was immer es ihn selbst kostete.

Die Journalisten feuerten ihre ersten Fragen ab.

»Was ist anders an Wills neuem Training?«

»Was hält Will von Hoffmann, seinem Gegner in der ersten Runde?«

»Kann Will uns verraten, ob er eine neue Freundin hat?«

Hawk hob abwehrend die Hände. »Bitte, wir werden all diese Fragen später beantworten«, sagte er. »Doch zuerst möchte ich Ihnen von einem ganz besonderen Vertrag erzählen, den ich in den letzten Tagen ausgehandelt habe.« Er hob die Stimme. »Es ist ein Vertrag mit einer großen amerikanischen Filmproduktionsgesellschaft.« Er grinste vom einen Ohr zum anderen. »Sie verstehen sicher, dass ich den Namen der Gesellschaft zu diesem Zeitpunkt noch nicht nennen kann. Aber ich kann Ihnen jetzt schon sagen, dass Will in einem Hollywood-Film auftreten wird. Der Film soll ›Die Geisel‹ heißen und Will wird darin eine Rolle spielen, die er nur zu gut kennt – die eines brillanten jungen Tennisstars, der einen Entführungsversuch übersteht und seine Kidnapper dann im Alleingang stellt.« Hawk warf sich in die Brust. »Ich habe vor, das Drehbuch selbst zu schreiben!«

Maddie war jetzt auch beeindruckt von Rufus Hawk. Wenn er die entsprechenden Verbindungen besaß, einen solchen Vertrag auszuhandeln, befand sich Will bei ihm vielleicht doch nicht in schlechten Händen – zumindest, was das Finanzielle anging.
Hawks überraschender Ankündigung folgte eine ganze Reihe von Fragen. Will beantwortete sie mit einem ruhigen, bescheidenen Charme, der einen reizvollen Kontrast zu Hawks selbstgefälliger Aufgeblasenheit abgab.
Alex hatte seinen Kontrollgang beendet und stellte sich wieder neben Maddie. »Willst du, dass ich dir eine Nebenrolle in dem Film verschaffe?«, flüsterte er ihr grinsend zu. »Vielleicht als Wills Zukünftige?«
Maddie lachte. »Ich glaube, da fragst du besser Laura«, sagte sie und nickte in Richtung ihrer Freundin.
Laura himmelte Will noch immer mit großen Augen und geröteten Wangen an. Maddie dachte, dass sie wohl kaum begeisterter ausgesehen hätte, wenn ihr jemand gerade die Hauptrolle in »Der Schwanensee« angeboten hätte. Sie scheint ganz schön in Will verliebt zu sein, dachte Maddie und hoffte, dass sie nicht enttäuscht würde.

Die Pressekonferenz war vorüber. Die Reporter und Fotografen waren in ihre Redaktionen zurückgekehrt. Laura und Maddie saßen in der Bar im Erdgeschoss und hielten nach den verschiedenen Berühmtheiten Ausschau, die in dem modischen Club Mitglied waren. Laura sah ständig mit einem Auge zur Tür und wartete darauf, dass Will auftauchte.
»Wie spät ist es jetzt?«, fragte sie.

»Zwei Minuten später als bei deiner letzten Frage nach der Uhrzeit«, sagte Laura. »Beruhige dich, Laura. Er wird schon kommen.«
»Du glaubst doch nicht, dass er schon gegangen ist, oder?«, fragte Laura. »Er wird mich doch nicht vergessen haben?«
»Natürlich nicht«, beruhigte sie Maddie. »Weißt du was? Du wartest hier und ich gehe nachschauen, wo er bleibt.«
Sie bahnte sich einen Weg durch die überfüllte Bar und ging die Treppe hinauf. Sie fand den Raum, in dem zuvor die Pressekonferenz abgehalten worden war. Rufus Hawk und Lars Johansson saßen noch immer am Tisch und unterhielten sich leise miteinander.
Sie folgte dem Gang weiter. Eine Tür stand halb offen. Maddie hörte eine gedämpfte Unterhaltung. Sie ging näher heran. Zwei Stimmen. James und Will.
»Ich brauche dich in meiner Nähe«, sagte Will gerade. »Das musst du mir einfach glauben.«
»Ach, wirklich?« Das war James' Stimme. Er klang gereizt und unglücklich. »Du scheinst doch gut allein klarzukommen. Johansson hat schließlich dafür gesorgt.«
Maddie blieb auf dem Gang stehen. Sie wollte die Brüder nicht stören.
»Das stimmt nicht«, sagte Will. »Ich fühle mich inzwischen nur einfach besser, das ist alles. Ich muss irgendein Virus gehabt haben oder so. Das hat mich die ganze Zeit so gelähmt. Jetzt hab ich es überstanden. Es hat nichts mit Lars zu tun.« Seine Stimme klang dringlich. »Du bist derjenige, der mich an die Spitze gebracht hat, James. Ich brauche dich bei mir, du weißt das. Ohne dich wäre ich gar nichts.«
Es entstand eine Pause. James Stimme klang belegt. »Ist das wahr?«

»Du weißt, dass es so ist. Wir sind zusammen so weit gekommen, oder? Wenn es Rufus und diesen verdammten Vertrag nicht gäbe, würde ich Johansson sagen, dass er den nächsten Flug nach Hause nehmen soll. Du weißt doch, James, es gibt nur einen einzigen Menschen, den ich außer dir als Trainer schätze – oder schätzen würde. Und das ist Dad.«
Maddie biss sich auf die Unterlippe. Sie sollte dieses Gespräch nicht mit anhören, hatte aber Angst, dass die Brüder sie bemerkten, wenn sie jetzt wegging.
»Denkst du oft an früher?«, fragte James leise.
»Ja.«
»An die Zeit vor dem Unfall?«
»Ich denke viel daran.« Will sprach genauso leise wie sein Bruder. »Und du?«
»Ja. Erinnerst du dich an das alte Haus in Chislehurst? Wie wir mit Mum und Dad im Garten Doppel gespielt haben?«
Will lachte leise. »Ich und Dad gegen dich und Mum. Es kommt mir vor, als wäre es erst gestern gewesen.«
»Und Mrs Greer als Schiedsrichterin«, lachte James.
»Stimmt. Sie brachte uns immer diese schreckliche selbst gemachte Limonade. Sie sagte, die würde uns Kraft geben!«
Maddie lächelte. Sie kannte den Namen von der Internet-Seite: Mrs Greer, die Nachbarin der Andersons. Die Frau, die James und Will nach dem Sturz vom Baum ins Krankenhaus gebracht hatte. Die beiden klangen, als hätten sie sie immer noch gern.
Maddie hörte James' erneutes Lachen hinter der Tür. »Und sie hatte überhaupt keine Ahnung von den Tennisregeln«, sagte er. »Und sie nannte den Schläger ›Schlagholz‹!«
»Sie ist weggezogen, nicht?«, fragte Will. »Nicht lange, nachdem Mum und Dad …«

»Ja«, sagte James. »Ich weiß aber nicht, wohin.«
»Schade«, sagte Will. »Es wäre schön gewesen, sie nach Wimbledon einzuladen. Es hätte ihr sicher gefallen.«
Maddie spitzte die Ohren. Sie hatte eine Idee – etwas, das den Brüdern viel bedeuten würde. Sie würde Mrs Greer für sie finden. Mit den Möglichkeiten der PIC wäre das zu schaffen. Dann würde sie die alte Dame nach Wimbledon holen. Aber sie würde es James und Will nicht sagen. Es wäre eine Überraschung für sie. Nachdem sie diesen Entschluss gefasst hatte, klopfte sie an die Tür.
James öffnete sie ganz. Will stand direkt hinter ihm.
»Entschuldigt, dass ich euch störe, Jungs«, sagte sie fröhlich. »Aber unten in der Bar ist jemand, der noch sterben wird, wenn er nicht mit dir sprechen darf, Will.«
»Laura! Natürlich«, sagte Will. »Tut mir echt Leid – ich hab sie ganz vergessen.« Er griff nach seiner Jacke, die über einer Stuhllehne hing. »Wo ist sie denn? Ich geh sofort zu ihr hinunter.«
»In der Bar«, sagte Maddie.
»Geh ruhig allein«, sagte James, nahm eine Zeitung von einem niedrigen Beistelltisch und setzte sich in einen Sessel nahe am Fenster.
Will streifte seine Jacke über und eilte den Gang entlang. Eine Tür ging auf und Alex kam herein.
»Wohin geht Will?«, fragte er.
Maddie lächelte ihm zu. »Er ist gerade losgegangen, um Laura den Abend zu versüßen«, sagte sie.
»Er sollte aber eigentlich nicht allein unterwegs sein«, sagte Alex. »Ich gehe ihm besser nach.«
Maddie verabschiedete sich von James und folgte Alex den Gang entlang.

»Halt dich etwas abseits«, sagte Maddie, »damit Laura ihn wenigstens ein paar Minuten lang ganz für sich allein hat. Sie ist total verrückt nach ihm.«

Alex sah sie scharf an. »Warum sagst du das?«

Maddie zuckte die Achseln. »Sie findet ihn eben klasse, das ist alles.« Sie runzelte die Stirn. »Warum?«

»Vielleicht ist Shadow eben auch verrückt«, sagte Alex langsam.

Maddie schaute ihn ungläubig an. »Denkst du, *Laura* könnte Shadow sein?«, fragte sie. »Das ist ja lächerlich. Ich kenne sie von klein auf.«

Alex zuckte die Achseln. »Nein«, sagte er. »Ich glaube nicht, dass Laura Shadow ist. Aber es könnte jemand sein, der ihr gleicht – irgendein extremer Fan, der es übertreibt und irgendwann durchgeknallt ist.« Er sah Maddie nachdenklich an. »Ich habe meine Meinung nicht geändert. Es ist genauso gut möglich, dass Shadow eine Frau ist.«

Vierzehntes Kapitel

Freitagabend in der Wohnung der Coopers.
Maddie lag auf der Couch. Ihre Großmutter saß am Fenster und blätterte in einem Magazin. Der Fernseher lief. Es war der fünfte Tag von Wimbledon. Maddie sah sich die Aufzeichnung der wichtigsten Szenen aus Will Andersons Spiel gegen einen favorisierten Spanier in der dritten Turnierrunde an. Laura war am Telefon.
»Hast du gesehen, wie er Joel Sherwood geschlagen hat?«, fragte sie. »Klar in drei Sätzen. Er hat ihn vom Platz gefegt. Und Sherwood ist auf Platz 37 der Weltrangliste. Will ist im Augenblick nur auf Platz 62, aber er hätte eine viel höhere Position verdient. Letztes Jahr war er ja noch zweiunddreißigster, ist dann aber abgerutscht, als er im Januar frühzeitig bei den Australien Open rausflog. Hast du ihn gesehen? War er nicht toll?«
»Ich hab nur ein paar Ausschnitte in den Nachrichten gesehen«, antwortete Maddie. Sie holte tief Luft, als Will sich auf einen schwierigen Ball stürzte und ihn verfehlte. Erster Satz verloren. Die Aufzeichnung sprang zum dritten Satz. Will gelang bei Aufschlag des Spaniers ein Break. Maddie hielt den Telefonhörer mit ausgestrecktem Arm von ihrem Ohr weg, um nicht durch Lauras Jubelschreie taub zu werden.
»Reg dich ab!«, rief Maddie ins Telefon. »Hast du nicht eben gerade gesagt, du hättest das Spiel schon live gesehen?«

»Hab ich auch, aber es ist auch beim zweiten Mal super. Will übernimmt nämlich genau an dieser Stelle das Kommando. Er schlägt den anderen Typ am Ende mit 3:1. Der Spanier hat im letzten Satz kein einziges Spiel gewonnen! Wahnsinn!«
Maddie verdrehte die Augen. »Na super! Damit hast du mir das Spiel ruiniert, Laura«, sagte sie.
»Oh. Tut mir Leid, ich dachte, du kennst das Ergebnis schon.«
»Nein.«
»Hast du bei der Suche nach Wills früherer Nachbarin eigentlich etwas herausbekommen?«, wechselte Laura das Thema. Maddie hatte ihr davon erzählt, dass sie Mrs Greer suchen wollte.
»Ich glaube schon«, sagte sie. »Sie wohnt in Brighton. Ich hatte allerdings noch keine Zeit, mich darum zu kümmern. Wir haben im Augenblick ziemlich viel zu tun. Aber sobald ich die Möglichkeit habe, rufe ich sie an und lade sie nach Wimbledon ein.«
Die beiden Freundinnen unterhielten sich noch einige Minuten weiter. Nachdem Laura aufgelegt hatte, schaltete Maddie den Fernseher mitten im Match aus. Ihre Großmutter hob fragend die Augenbrauen.
Maddie lehnte sich über die Couchlehne. »Sie hat mir gerade das Ergebnis verraten!«, erklärte sie. »Es macht keinen Spaß zuzuschauen, wenn man schon vorher weiß, wie es ausgeht.«
»Er schlägt sich gut, nicht?«, fragte ihre Großmutter, klappte das Magazin zu und legte es auf einen Beistelltisch mit Glasplatte. »Die ersten paar Runden hatte er keinerlei Schwierigkeiten. Hoffen wir, er hält das durch. Und hoffen wir auch, dass er die ganzen Unannehmlichkeiten mit der Entführung vergessen kann.«
»Er geht sehr gut damit um«, sagte Maddie. »Alex meint, dass

Shadow irgendein verrückter Fan ist. Im Büro gehen die meisten davon aus, dass Shadow den Killer eigentlich gar nicht wirklich einschalten wollte.« Sie schüttelte den Kopf. »Sie glauben, dass Shadow nur irgendwie in die Schlagzeilen kommen will – und dass Will und Alex deshalb nach der Entführung so leicht entkommen konnten. Sie glauben, dass sich Shadow jetzt zurückzieht. Ich bin mir da allerdings nicht so sicher.«

Ihre Großmutter sah nachdenklich vor sich hin. »Das heißt, die ganzen Drohungen sind nur zu Publicity-Zwecken ausgesprochen worden? Das scheint mir doch ein sehr extremes Mittel, um Aufmerksamkeit zu erregen. Wenn man mein Leben bedrohte, würde ich mich lieber verstecken und nicht noch mit der Presse herummachen. Ich muss schon sagen!«

Ihre Großmutter hatte Recht, dachte Maddie. Verglichen mit dem kranken Hirn, das einen Killer angeheuert hatte, schien Wills Entführung geradezu harmlos.

Maddie hatte all die Fotos von Will nicht vergessen, die die Wände dieses kleinen, schmutzigen Raums bedeckt hatten. In denen die Augen fehlten. Herausgeschnitten, herausgebrannt. Dieser Anblick war schwer zu vergessen.

Aber noch schwieriger war es, sich in die Gedanken eines Menschen hineinzuversetzen, der so etwas tat.

Wenn Maddies Intuition nicht trog, würde sich dieser Mensch nicht mit einem fehlgeschlagenen Entführungsversuch zufrieden geben. Irgendetwas sagte ihr, dass Will ihre Hilfe noch eine ganze Weile brauchen würde.

Die Sache war noch nicht ausgestanden.

Noch lange nicht.

Samstag.
Danny saß im Büro des Hausverwalters an einem Besprechungstisch. Er war jetzt schon seit vier Stunden hier und es war nichts Besonderes passiert. Heute waren nur drei Mieter da gewesen. Der düstere Typ hatte an seinem Schreibtisch mit ihnen verhandelt. Danny versuchte dazwischen immer wieder, mit ihm ins Gespräch zu kommen, aber der Typ war einfach zu düster. Er schwieg konsequent.
Smith musste nun jeden Moment vorbeikommen. Danny schenkte sich starken schwarzen Kaffee aus einer Thermoskanne ein. Der hielt ihn wach. Er konnte nichts anderes tun, als ruhig dazusitzen, den schnell erkaltenden Kaffee zu trinken und zähe, einen Tag alte Sandwiches zu essen, die er bei dem Zeitschriftenladen gegenüber gekauft hatte. Er wartete. Und dachte nach.
Gleich würde er J. Smith schnappen, der würde ihn zu Harris von Redbridge Holdings führen, und Harris würde ihnen vielleicht irgendetwas sagen, das einen Hinweis auf Shadow gäbe. Wenn man davon ausging, dass Shadow für die Entführung verantwortlich war und deshalb auch irgendeine Verbindung zu den Angel Buildings hatte. Das war Dannys Plan. Wenn die Leute von der PIC-Zentrale mit Harris fertig wären, würden sie den Mann gleich ans Betrugsdezernat weiterreichen, wo ihn sicher schon eine ganze Reihe aufgebrachter Gläubiger erwartete.
Shadow musste irgendwie erfahren haben, dass die Bauarbeiten an den Angel Buildings eingestellt worden waren. Aber wie? Entweder bestand eine Verbindung zu den Bauunternehmern oder zu den Redbridge Holdings.
Ein anderer PIC-Officer war bereits dabei, eine mögliche Verbindung zu den HCGM Constructions zu überprüfen. Und

Danny war hier, um die Anhaltspunkte über Smith mit denen über Shadow zu verknüpfen.
Wenn der Typ noch jemals erschien.
Danny nahm noch einen Schluck Kaffee, rutschte auf dem billigen Bürostuhl hin und her und versuchte es sich vergeblich etwas bequemer zu machen.
Die Zeit verging.
Zwischen den Zetteln mit der Aufschrift ZU VERKAUFEN und ZU VERMIETEN, die am Fenster hingen, sah er einen dunkelblauen BMW langsam die Straße entlangfahren.
Er fuhr auf den Gehweg vor dem Hausverwaltungsbüro und hielt an.
»Das ist er«, sagte der Hausverwalter. Er klang gelangweilt. Die Aussicht, dass in seinem Büro gleich eine Polizeiaktion stattfinden würde, schien ihn überhaupt nicht zu beeindrucken.
»Okay«, sagte Danny. »Bleiben sie ruhig. Verhalten Sie sich ganz normal, wie immer. Ich übernehme den Rest.«
Die Fahrertür des BMW wurde geöffnet. Ein Mann stieg aus.
Danny machte große Augen. »Soll das ein Witz sein?«, murmelte er. Er kannte den Typ. *Das* hatte er nun wirklich nicht erwartet. Überhaupt nicht.
Der Mann schloss die Tür seines Wagens.
Er trat durch die Glastür des Hausverwaltungsbüros. Die Tür schwang hinter ihm zu.
Danny lächelte.
Der Mann bemerkte ihn überhaupt nicht an dem Besprechungstisch.
Er zog eine große braune Brieftasche aus der Innentasche seiner Jacke.
Danny stand auf. Sein Stuhl schabte über den PVC-Boden.

Der Mann warf ihm einen kurzen Blick zu. Der Hausverwalter sah mit hochgezogenen Augenbrauen ebenfalls zu ihm herüber. Der Mann zog Banknoten aus seiner dicken Brieftasche und begann sie auf den Tisch zu zählen. Er merkte, dass sich die Aufmerksamkeit des Verwalters nicht auf ihn richtete. Erst jetzt sah er Danny richtig an. Seine Augen verengten sich zu Schlitzen, als dächte er angestrengt nach, wo er dieses Gesicht schon einmal gesehen hätte.

Danny lächelte. »Hi«, sagte er gelassen. »Wir haben uns bei Will Andersons Party auf dem Schiff kennen gelernt.« Danny zog seinen PIC-Ausweis aus der Tasche. »Erinnern Sie sich?«

Der Mann wurde bleich. Er sagte keinen Ton.

»Ich glaube, wir sollten ein wenig miteinander plaudern – in meinem Büro«, sagte Danny. Sein Lächeln wurde noch breiter. »Wenn das okay für Sie ist, Mr Hawk.«

Maddie verbrachte den Samstagnachmittag vor dem Fernseher und sah sich Tennis an. Ab und zu wählte sie die Nummer in Brighton, die sie als Mrs Greers neue Nummer vermutete. Es schien aber dauernd besetzt zu sein. Schließlich wurde sie doch misstrauisch und rief die Auskunft an. Es lag ein Fehler in der Leitung vor.

Maddie war enttäuscht.

Sie hatte immer noch die Adresse, sodass sie Mrs Greer ja schreiben konnte – aber das würde viel zu lange dauern. Außerdem hatte Maddie eine bessere Idee.

Sie ging in ihr Zimmer, fuhr ihren PC hoch und loggte sich ins Internet ein.

Kaum mehr als zehn Minuten später hatte sie eine Fahrkarte

nach Brighton und zurück für den nächsten Tag gebucht. Sie würde einen Zug an die Küste nehmen und – mit etwas Glück – Mrs Greer persönlich kennen lernen.

✷

Es war der erste Sonntag des Turniers in Wimbledon. Die Spieler hatten einen Tag Pause. Will und James waren in ihrer Wohnung in der Somerset Road. Alex war unterwegs. Er war in seine eigene Wohnung gefahren, um frische Kleidung zu holen und nachzuschauen, ob zu Hause alles in Ordnung wäre.

Will hatte vor, später ein paar Stunden in den Kraftraum zu gehen, saß jetzt aber auf dem Balkon und genoss sein Frühstück in der frühmorgendlichen Sonne. Er ruhte sich aus und fühlte sich gut. Er las die Sonntagszeitungen und darin all das Lob, das nun plötzlich wieder auf ihn gehäuft wurde. Er fand es aufregend und seltsam zugleich.

James kam mit einem dicken weißen Umschlag auf den Balkon. Wills Name stand darauf – aber keine Adresse. »Das muss uns jemand in den Briefkasten geworfen haben«, sagte er und ließ den Umschlag neben den Teller seines Bruders fallen. Er lächelte. Er wirkte viel entspannter als er es seit Tagen getan hatte. »Noch mehr Fanpost.«

Ein gewöhnlicher weißer Briefumschlag, auf dem in schwarzen Großbuchstaben Wills Name stand.

Will nahm den Umschlag und öffnete ihn. Er sah hinein und runzelte die Stirn. Er drehte den Umschlag um und schüttelte ihn.

James machte einen Satz rückwärts. Eine flach gedrückte Tarantel lag auf dem Tisch – schwarz, haarig und sehr tot.

Daneben lag eine kleine schwarze Karte, etwa doppelt so groß wie eine Kreditkarte. Darauf befanden sich gelbliche Flecke von der Flüssigkeit, die aus der Tarantel ausgetreten war.
Die Karte war mit einem silberfarbenen Stift beschriftet. In peinlich genauen Blockbuchstaben.
Darauf stand: HALT DIE AUGEN OFFEN, ANDERSON. IM SCHATTEN LAUERT EINE SPINNE.

Fünfzehntes Kapitel

Ein Zimmer. Klein und quadratisch, mit weißen Wänden. Keine Fenster. Ein einfacher Tisch. An einer Seite des Tisches saßen Danny und Jack Cooper.

Ihnen gegenüber saß Rufus Hawk.

Auf dem Tisch nur ein Teller mit den Überresten eines vertrockneten Sandwiches. Drei weiße Kaffeetassen aus Plastik. Und ein schwarzes Digitalaufnahmegerät. Ein rotes Lämpchen zeigte an, dass es lief.

Danny musterte Hawk. Er sah so zerknittert und jämmerlich aus wie ein geplatzter Kinderschwimmreif. Er wirkte geschockt, als könnte er nicht glauben, dass alle seine Pläne nun zunichte gemacht worden waren.

Rufus Hawk packte aus.

Smith – der Typ, der das kleine Büro in Shepherd's Bush gemietet hatte – war Hawk. Aber noch wichtiger war, dass Hawk auch Robert Harris war, der Leiter der Redbridge Holdings.

»Die Schwierigkeiten begannen, als ich anfing, mich für ›Moonrunner‹ zu engagieren«, erzählte er Danny und Jack Cooper. »Es kostete viel mehr, als ich erwartet hatte. Ich steckte jeden Penny in die Firma. Aber das zahlte sich nicht aus. Ich musste aus meinen anderen Geschäften Geld ab ziehen, um die enormen Verluste auszugleichen.« Er ließ resigniert die Schultern hängen. »Das hat schließlich mein ganzes Kapital aufgefressen. Ich bin schlichtweg pleite.«

»Sie haben Will Anderson also versprochen seine Karriere zu sponsern«, sagte Danny, »obwohl sie ihm letztlich nicht mal mit einer Tube Zahnpasta unterstützen konnten, stimmt das?«

Hawks Augen leuchteten schwach auf. »Er sollte mich retten«, sagte er heiser. »Das war schon die ganze Idee. Er würde für Geld sorgen. Und ich hätte ihn anderen Leuten ausleihen können. Sie würden mich dafür bezahlen. Viel Geld. Top-Tennisstars sind heutzutage ein Vermögen wert. Wenn ich erst mal wieder finanziell auf den Beinen wäre, hätte ich meine Versprechen ihm gegenüber halten können.« Er breitete die Arme aus. Seine Stimme hob sich, er klang jetzt fast schon wieder überzeugt von dem, was er sagte. »Verstehen Sie? So wäre allen geholfen.«

»Sie haben sich im Januar mit Will Anderson zusammengetan«, sagte Jack Cooper.

»Stimmt«, sagte Rufus Hawk. »Kurz vor den Australian Open. Man erwartete, dass er ins Finale käme.« Jetzt trat ein verzweifelter Zug auf sein Gesicht. »Alle sagten, dass er ins Finale käme!«

»Aber er flog schon in der ersten Runde raus«, bemerkte Danny. »Und plötzlich war er keine so heiße Kapitalanlage mehr.«

»Ich hatte eigentlich vor nach seinem Sieg mit der Nachricht unseres Sponsoringvertrages an die Öffentlichkeit zu gehen«, sagte Hawk. »Aber er siegte ja nicht. Wir haben die Sache besprochen und beschlossen, mit der Ankündigung bis kurz vor Wimbledon zu warten. Um eine große Sache daraus zu machen, Sie verstehen. So hätte er dann auch genug Zeit gehabt, um wieder in Form zu kommen.«

»Nur, dass er seine alte Form nicht mehr erreichte«, warf Jack

Cooper ein. »So haben Sie eine geniale Idee entworfen, Will Anderson auf andere Weise in die Medien zu bekommen.«

Hawk wirkte erschöpft. »Das war nur ein Werbegag«, krächzte er. »Will sollte auf keinen Fall etwas zustoßen. Dafür habe ich gesorgt.« Er fuhr sich nervös mit der Zunge über die Lippen. »Ich heuerte vier Typen an, die ich auf der Baustelle gesehen hatte. Sie wirkten hart genug, um so eine Sache durchzuziehen. Ich hatte ihnen aber gleich gesagt, dass es nur ein Gag war und keinem etwas geschehen sollte.« Er sah Danny und Cooper verzweifelt an. »Sie müssen mir das glauben – ich wollte, dass niemandem auch nur ein Haar gekrümmt würde. Ich dachte nur, dass es Will zusätzliche Aufmerksamkeit sichern würde, dass die Leute sich wieder mehr für ihn interessieren würden. Ich wollte, dass er wieder für Schlagzeilen sorgt.« Er fuhr sich mit den Händen durch seine von Schweiß feuchten Haare. »Es gibt übrigens auch keinen Filmvertrag«, fügte er leise hinzu. »Die ganze Sache war nur vorgetäuscht.« Er schaute die beiden Polizeibeamten an und wirkte plötzlich nachdenklich. »Besteht irgendeine Möglichkeit, dass Sie mich laufen lassen? Ich würde mich natürlich entsprechend revanchieren.« Jetzt klang er wieder forsch und geschäftsmäßig.

Danny unterdrückte ein Lächeln. Rufus Hawk versuchte mit ihnen zu verhandeln! Das war ja der Hammer!

Jack Cooper fixierte den niedergeschlagenen Mann mit einem durchdringenden Blick.

»Erzählen Sie uns etwas über Shadow«, sagte er.

Hawk wirkte überrascht. »Shadow? Ich weiß nichts über ihn«, sagte er. »Das ist irgendein Verrückter, oder? So etwas habe ich jedenfalls gehört.«

»Vielleicht ist er gar nicht so verrückt«, knurrte Cooper. »Wir meinen, dass Shadow die gleiche Person sein könnte, die vor der Entführung für die an Sie gerichteten Drohanrufe gegen Will Anderson verantwortlich war.«

»Nein, nein, nein«, widersprach Hawk entschieden. »Die habe ich doch nur erfunden. Ich habe Ihnen doch gesagt, dass das alles nur ein dummer Werbegag war. Über alles andere weiß ich nichts.« Seine Augen wanderten von Jack Cooper zu Danny und wieder zurück. »Ich merke schon, Sie wollen mir da was anhängen!«, sagte er anklagend. »Ich mache jetzt keine weiteren Aussagen mehr, bis ich einen Anwalt bekomme.«

»Keine Sorge, Mr Hawk«, knurrte Jack Cooper. »Sie bekommen Ihren Anwalt.« Er sah auf seine Armbanduhr. »Verhör um elf Uhr dreiundvierzig bis zur Ankunft von Rufus Hawks Anwalt unterbrochen.« Er drückte auf einen Knopf des Rekorders, das rote Lämpchen erlosch. Jack Cooper manövrierte seinen Rollstuhl vom Tisch weg in Richtung Tür.

»Danny?«, fragte er über seine Schulter. »Ganz kurz.«

Sie schlossen die Tür des Verhörraumes hinter sich.

»Und?«, fragte Cooper. »Was meinen Sie?«

Danny schüttelte den Kopf. »Ich glaube ihm«, sagte er. »Er ist ein Drecksack und ein Idiot und ein Gauner – aber ich halte ihn nicht für einen Psychopathen.«

Cooper sah grimmig vor sich hin. »Unglücklicherweise stimme ich Ihnen da zu«, sagte er. »Was bedeutet, dass wir weiterhin ein Problem haben.«

Danny nickte. »Shadow ist immer noch da draußen …«

»… und Will Anderson weiter in Gefahr.« Cooper fuhr mit seinem Rollstuhl den Gang entlang. Danny folgte ihm. »Setzen Sie sich mit Alex in Verbindung, Danny, gleich. Wir sind noch nicht fertig mit der Sache.«

»Ich kann's nicht glauben.« Will saß auf dem Balkon der Mietwohnung in der Somerset Road. James und Alex saßen neben ihm. Alex hatte den Brüdern gerade von der Verhaftung Rufus Hawks erzählt.

Will war aschfahl im Gesicht. Er war völlig überrascht und enttäuscht. James' Gesicht verriet dagegen nur Ärger.

»Du weißt, was das bedeutet, oder?«, fragte er Will. Seine Stimme klang angespannt. »Es gibt kein Geld. Wenn Hawk abgebrannt ist, können wir nichts bezahlen. Weder die Wohnung noch die Ausrüstung. Hawk hat uns alles organisiert – und jetzt kann er die Rechnungen nicht begleichen.«

»Damit kommen wir schon klar«, meinte Will. »Wir haben genug Geld, um für uns sorgen zu können.«

»Aber nicht genug, um Johansson zu bezahlen.«

Will zupfte nervös an dem Tischtuch aus weißem Leinen. »Nein«, stimmte er zu. »So viel haben wir nicht.« Er sah seinem Bruder direkt ins Gesicht. »Also wieder wir beide, was?« Er lächelte. »Dann sind es ja nicht nur schlechte Nachrichten.« Er fuhr sich mit einer Hand durch die Haare. »Die Anderson-Jungs sind wieder in Aktion«, sagte er und sah zu Alex hinüber. »Weiß Johansson schon davon?«

Alex schüttelte den Kopf.

»Ich sag es ihm«, meinte James. Er klang jetzt ruhiger, kontrollierter als zuvor. »Das wird ein schwerer Schock für ihn. Ich schätze, er nimmt den nächsten Rückflug nach Dänemark.«

Alex musterte Will genau. »Ist sonst noch irgendetwas passiert?«, fragte er ihn. »Ihr zwei habt heute Morgen ziemlich angespannt gewirkt.«

Will atmete tief durch. »Mir geht's so weit gut«, sagte er dann. Sein Blick verhärtete sich. »Ich lass das Ganze gar nicht erst an mich heran.« Er fuhr mit der Hand durch die Luft, wie ein Schiff, das die Wellen durchschneidet. »Ich konzentriere mich auf den Pokal. Total. Nur der Wettbewerb zählt. Vergessen wir also alles andere.« Er ließ seine Hand entschieden auf den Tisch fallen. »Vergessen wir die Drohungen – und alles andere.«

Alex warf James einen Blick zu. »Welche Drohungen?«

Die Brüder sahen sich unbehaglich an.

»Na ja, es ist heute Morgen etwas Komisches passiert«, sagte James schließlich. »Sollte wahrscheinlich eine Art Warnung sein.«

Alex runzelte die Stirn. »Das hättet Ihr mir gleich sagen müssen.«

»Ich lasse mich nicht von meinem Spiel abbringen«, sagte Will. »Shadow mag irgendein durchgedrehter Irrer sein – aber mich wird er nicht verrückt machen. Und er wird auf keinen Fall meine Chancen zunichte machen dieses Turnier zu gewinnen.«

Alex schüttelte den Kopf und sah weiterhin James an. Die beiden Brüder mochten ja eine verschworene Gemeinschaft sein, aber sie waren nicht unverwundbar – und wenn es um Wills Sicherheit ging, mussten sie sich von ihm helfen lassen. »Ich muss genau wissen, was vorgefallen ist«, sagte er langsam. »Und von jetzt an sagt ihr mir alles, okay? *Alles.*«

Maddie kam aus dem Bahnhof von Brighton. Die Straße führte in einem weiten Bogen in Richtung Meer. Alle Läden hatten geöffnet, es waren jede Menge Leute unterwegs. Die See lag zwar hinter der Straßenbiegung versteckt, aber Mö-

wen schrien am Himmel und die Luft roch nach Salz und Meer.
Maddie hatte sich eine Straßenkarte von Brighton ausgedruckt und den Weg zu Mrs Greers Straße darin eingezeichnet. Sie ging zunächst nach links. Sie hoffte, dass Mrs Greer noch dort wohnte. Es war ein zu weiter Weg hierher gewesen, um umsonst gekommen zu sein.
Sie fand sich in der Trafalgar Street wieder, musste den Grand-Parade-Platz überqueren und dann in die Southover Street einbiegen. Sie erhaschte einen Blick auf die glänzenden Türme eines Pavillons.
Maddie ging die Southover Street entlang und achtete auf die Namen der einzelnen Seitenstraßen. Schließlich fand sie die gesuchte Straße. Dort standen große elegante Häuser, mit großen Fenstern, die Blicke in luftige, hohe Räume erlaubten.
Sie kam zur Nummer 43.
Sie ging die Treppe hoch und klingelte an der Tür.
Keine Antwort.
Maddie runzelte die Stirn. Wenn ihre Reise mit einer Enttäuschung endete, war sie froh, dass sie den Brüdern nichts von ihrem Plan erzählt hatte.
Sie drehte sich gerade um und wollte zur Straße zurück, als sie ein Geräusch im Haus hörte.
Sie ging wieder zur Tür.
Es dauerte noch einige Sekunden, dann öffnete sich die Tür.
Ein hageres Gesicht spähte durch den dunklen Spalt. Die Frau hatte bleiche, wässrige Augen. Ihre Haare waren zurückgekämmt und mit einem Schildpattkamm hochgesteckt.
»Hallo«, sagte Maddie und lächelte die alte Frau an. »Mein Name ist Maddie Cooper. Ich suche Mrs Marion Greer.«
»Das bin ich.« Die Stimme klang schwach und überrascht.

Maddie hielt der Frau ihren PIC-Ausweis hin und wartete, bis sie ihn sich angesehen hatte.
Die Tür wurde etwas weiter geöffnet. Maddie sah die verchromten Stäbe eines Laufgestells. Die Frau trug einen Morgenmantel und Hausschuhe.
»Tut mir Leid«, sagte Maddie. »Habe ich Sie aus dem Bett geholt?«
»Ist schon gut, meine Liebe.« Die alte Dame lächelte. »Es ist sowieso höchste Zeit, dass ich aufstehe. Was kann ich für Sie tun?«
Maddie wusste nicht, was sie sagen sollte. Es schien, als sei die alte Dame krank und bettlägerig. Sie war sicherlich nicht in der Verfassung für eine Reise nach Wimbledon.
Nun schien es Maddie doch so, dass ihre Fahrt nach Brighton Zeitverschwendung gewesen war.

Sechzehntes Kapitel

»Ich hatte immer ein Auge auf Wills Karriere – im Fernsehen und in den Zeitungen«, sagte Mrs Greer. Sie hielt einen Kessel unter den Wasserhahn in der Küche und drehte das Wasser auf. »Er war in letzter Zeit ein wenig außer Form. Wissen Sie, ich hatte eigentlich erwartet, dass er die Australian Open gewinnt. Aber man kann auch nicht immer der Beste sein. Einer muss eben verlieren.« Sie drehte den Hahn wieder zu, stellte den Kessel auf den Herd und schaltete ihn an.

»Dafür spielt er jetzt in Wimbledon sehr gut«, sagte Maddie. »Haben Sie es gesehen?«

Mrs Greer nickte. »Er ist ein guter Junge«, sagte sie. »Sie sind beide lieb. Ich hatte nie eigene Kinder, darum waren diese beiden Jungen etwas ganz Besonderes für mich. Sie nannten mich Tantchen G.« Ihr Blick richtete sich auf etwas hinter Maddies Rücken. »Wissen Sie, meine Liebe, als sie noch kleine Jungs waren, war es schwer zu sagen, wer von ihnen besser Tennis spielte. James war vier Jahre älter und natürlich größer und stärker. Aber ich glaube, Will war noch begabter – sogar schon, als er noch klein war.« Sie seufzte. »Ach, das mit James war so schade …«

»Was war schade?«, fragte Maddie.

»Der Unfall«, sagte Mrs Greer. »Wissen Sie nichts davon?«

»Ach so – natürlich«, sagte Maddie. »Die beiden Jungen sind von einem Baum gefallen.«

»Das ist richtig. Die armen Würmchen.« Mrs Greers Augen wurden traurig. »Zuerst hörte ich nur das Schreien der Jungen. Dann hörte ich dieses Krachen. Brechendes Holz, wissen Sie. Das war der Ast. Er musste ganz morsch gewesen sein, sonst hätte er nicht abbrechen können wie ein Zweig. Sie fielen über den Zaun direkt in meinen Rosenbusch.« Sie kniff die Augen zusammen und schüttelte den Kopf. »Der arme Will schlug sich den Kopf an und wurde ohnmächtig – und James lag vor Schmerzen schreiend auf dem Boden und hielt sich sein Auge. Ich hab die beiden in mein Auto verfrachtet und direkt ins Krankenhaus gebracht. Ihre Eltern waren an diesem Tag irgendwo unterwegs. Ich hatte schon befürchtet, dass es auch Will schwer erwischt hatte, aber er wachte schon nach ein paar Minuten auf und hatte nur ziemliches Kopfweh. James dagegen war wirklich schwer verletzt. Er ist jetzt auf einem Auge blind, wissen Sie. Er hat danach kein einziges Tennisturnier mehr spielen können. Mit nur einem Auge kann man den Ball nicht richtig berechnen.«
»Ich hab darüber gelesen«, sagte Maddie. »Es muss wirklich schlimm gewesen sein.«
Mrs Greer nickte. »Ich kann Ihnen etwas zeigen«, sagte sie. »Warten Sie hier, ich bin gleich zurück.«
Sie schlurfte über das aufgeplatzte Linoleum und hielt sich dabei an ihrer Gehhilfe fest.
»Kann ich Ihnen helfen?«, bot Maddie an, stand auf und ging einen Schritt auf Mrs Greer zu.
»Nein, nein. Ich muss so viel wie möglich üben.« Sie lächelte. »Befehl vom Doktor.«
Während Mrs Greer in einem anderen Zimmer verschwunden war, goss Maddie heißes Wasser in eine Teekanne und nahm zwei Tassen.

Mrs Greer kam mit einem grellbunt gemusterten Plastikfotoalbum unter dem Arm zurück.
Sie legte das Album auf den Tisch und blätterte die schweren steifen Seiten um. Schwarz-Weiß- und Farbfotos. Sie öffnete das Album auf einer Seite, an die ein Zeitungsausschnitt geheftet war. Die Schlagzeile hieß: NACHBARIN RETTET BRÜDERPAAR.
Ein schwarz-weißes Zeitungsfoto zeigte eine mittelalte Mrs Greer, die zwischen zwei Jungen stand. Es waren die Anderson-Brüder – zwar viel jünger, aber dennoch deutlich erkennbar. Will mit seinem runden kindlichen Gesicht und James, dessen Züge bereits länger und kantiger waren; er hatte eine weiße Bandage über dem Kopf, die sein kaputtes Auge bedeckte. Sie standen unter einem Baum.
Mrs Greer tippte mit einem dünnen, knochigen Finger auf das Foto. »Das war in unserer Zeitung. Die Jungs waren im Ort bereits bekannt. Sie waren die großen Stars unseres Tennisclubs, schon in diesem Alter.«
Maddie beugte sich vor, um sich das Foto genauer anzusehen.
»Eine Sache allerdings hat mich all die Jahre über gewundert«, sagte Mrs Greer gedankenverloren.
»Was?«, fragte Maddie freundlich.
Mrs Greer sah zu ihr hoch, als merkte sie erst jetzt, dass sie laut vor sich hin gesprochen hatte. »Oh, es ist nichts, wirklich. Nur eine unbedeutende Sache. Will war dumm, dass er alleine auf den Baum geklettert ist. Er bekam sehr schnell Höhenangst. Es war James, der gerne kletterte – nicht Will.« Sie zuckte die Achseln. »Ich vermute, Will wollte einfach wie sein Bruder sein.« Sie schüttelte den Kopf. »Der dumme Junge.«

Montag.

Im Wimbledon All England Lawn Tennis Club.

Alex, Will, James und Lars Johansson waren im Umkleideraum. Will machte sich für sein nächstes Spiel fertig. Er hatte sich bis in die fünfte Runde vorgekämpft. Diese jedoch würde besonders schwierig werden. Owen Knight war ein äußerst spielstarker Amerikaner mit langer Grandslam-Erfahrung. Seine Spezialität war ein knallhartes Ass. In seinem letzten Match hatte er seinen Gegner damit regelrecht vom Platz gefegt.

»Lass dich nicht einschüchtern«, sagte Johansson gerade zu Will. »Du kannst diesen Mann schlagen. Er ist schnell und stark – aber er denkt auch wie eine Maschine. Er kann nicht gut improvisieren. Er hat nicht viel Grips. Du umso mehr. Überrasche ihn. Lass ihn nicht seinen Rhythmus finden. Dann kannst du ihn schlagen. Aber du musst dich konzentrieren.«

Will nickte und band seine Schuhe.

Alex hielt sich im Hintergrund und beobachtete die drei Männer. Genau wie Will und James war er erstaunt, dass Lars Johansson überhaupt noch da war. Sie hatten alle erwartet, dass der sauertöpfisch dreinblickende Däne sofort kündigte, wenn er die Wahrheit über Rufus Hawk erfahren würde. Doch zu ihrer Überraschung war er geblieben.

»Es ist nicht deine Schuld, dass dein Sponsor ein Gauner ist«, hatte er zu Will gesagt. »Ich lasse keinen Klienten während eines Turniers sitzen«, hatte er mit funkelnden Augen hinzugefügt. »Aber wenn du das Turnier gewonnen hast, zahlst du mich aus, oder?« Ein äußerst seltener Witz des grimmigen Trainers.

James hatte nicht negativ auf Johanssons weitere Anwesenheit

reagiert. Aber Alex war sich sicher, dass er enttäuscht war, seinen Bruder nun doch nicht wieder trainieren zu können.
Will hob seine Sporttasche auf. Er war fertig.
Die vier gingen zum Platz Nummer 19.
Unterwegs kam ein Mann auf sie zu. Er trug eine lange weiße Schachtel auf den Armen. Alex erkannte ihn, es war einer der ehrenamtlichen Ordner.
»Das ist für Sie abgegeben worden, Mr Anderson«, sagte er.
Mit einer solchen Unterbrechung der Vorbereitungen vor einem Match hatte Will nicht gerechnet. Überrascht stellte er seine Sporttasche ab und nahm die Schachtel. An der Art, wie er sie hielt, merkte Alex, dass sie nicht besonders schwer sein konnte.
Will nahm den Deckel der Schachtel ab.
Darin lagen ein Dutzend verwelkte Rosen, eingeschlagen in ein Tuch mit dunkelroten Flecken. Die Blütenblätter waren verschrumpelt und schwarz, die Blätter zerfetzt. Widerlich dumpfer Fleischgestank drang aus der Schachtel.
Will stand da und starrte in die offene Schachtel. Er war völlig perplex, sein Gesicht aschfahl.
Alex machte einen Schritt vorwärts und nahm ihm die Schachtel aus den Händen. »Geh auf den Platz und mach dein Spiel«, sagte er.
»Dieser Geruch …«, sagte James und hielt sich eine Hand vor den Mund. Er sah aus, als wollte er sich übergeben.
Alex sah auf die Schachtel und unterdrückte ein Würgen. Neben den mürben Stielen der Rosen lag ein schmieriger brauner Klumpen. »Es ist nur ein Stück Fleisch«, sagte er heiser. »Nichts weiter.« Er schob den Deckel wieder auf die Schachtel.
Will sah sich hilflos um. Er schien unfähig sich zu bewegen. Johansson starrte ihm in die Augen, als wollte er abschätzen,

welcher Schaden durch die widerliche Aktion angerichtet worden war.
»Vergiss es«, sagte der Trainer. »Konzentrier dich auf das Spiel. Mr Cox wird die Sache klären. Dafür ist er schließlich da.«
Alex nickte. James streckte eine Hand aus, als wollte er seinen Bruder trösten, ließ sie dann aber wieder sinken. Will hob seine Tasche auf und ging weiter. James warf Alex einen verzweifelten Blick zu und folgte ihm.
Johansson funkelte Alex an. »Sie sind hier, damit so etwas nicht vorkommt!«, bellte er ihn an. »Sie sind zu nichts nütze!« Er drehte sich um und ging den Brüdern hinterher.
Alex holte noch einmal tief Luft und öffnete die Schachtel erneut.
Er hob das fleckige, gefaltete Papier und zog eine kleine schwarze Karte heraus. Darauf war ein verschattetes Schwarz-Weiß-Bild eines offenen starrenden Auges gedruckt. Und mit bräunlich roter Tinte hatte jemand darüber gekritzelt:
ICH HABE EIN AUGE AUF DICH, ANDERSON. BIS DEMNÄCHST.

✳

Montagabend. Maddie kam rechtzeitig von der Arbeit nach Hause, um noch die Höhepunkte des wichtigsten Spiels vom Tage im Fernsehen verfolgen zu können. Es gab gute Neuigkeiten. Will Anderson hatte sich in einem Marathonspiel in fünf Sätzen gegen den auf Platz 11 gesetzten Owen Knight durchgesetzt.
Konzentrationsschwächen hatten ihn den zweiten und vierten Satz gekostet. Aber den sechsten hatte er klar mit 6:0 ge-

wonnen und Owen schließlich mit einem knallharten Ass erledigt, das beinahe einen Linienrichter umgeworfen hätte.
Zu dem anschließenden Interview erschien Will erschöpft, aber gut gelaunt.
Er wurde gefragt, ob ihn die Affäre um Rufus Hawk getroffen hätte. Hawks Festnahme und Geständnis waren eine Top-Neuigkeit. Jetzt beschäftigten sich Journalisten mit Hawks Geschäftsgebahren und brachten immer mehr schmutzige Details ans Licht. Es war eine Mediensensation.
Will zuckte die Achseln. »Das ist im Augenblick nicht wichtig für mich«, sagte er. »Ich konzentriere mich jetzt nur aufs nächste Spiel. Ich kann nicht zulassen, dass Rufus Hawks Verhalten mich irgendwie berührt. Außerdem habe ich mein Team bei mir, das mich unterstützt. Mein Bruder ist bei mir und Lars Johansson hat sich bereit erklärt, mich bis zum Ende des Turniers zu trainieren.«
»Sehen Sie sich schon mit dem Pokal des Herausforderers?«, fragte ein BBC-Moderator.
Will lächelte. »Das hoffe ich natürlich.«
Das Interview endete mit einem Bild von Will, der zu den Umkleidekabinen trabte. Der Moderator wandte sich mit geübtem Lächeln wieder der Kamera zu und begann die anderen Spiele des Tages zusammenzufassen.
Maddie schaltete den Fernseher aus und spielte abwesend an den Fransen eines Sofakissens herum.
Sie dachte über ihr Treffen mit Mrs Greer nach. Die alte Dame hatte sie gebeten, James und Will nicht zu erzählen, dass es ihr nicht gut ging.
»Erzählen Sie es ihnen, wenn Wimbledon vorüber ist«, hatte sie gesagt. »Ich möchte nicht, dass sie sich gerade jetzt Sorgen um mich machen. Ich werde nach Turnierende ja immer noch

hier sein. Sie können kommen und mich besuchen, wenn sie wollen. Ich würde mich darüber freuen.«

Maddie runzelte die Stirn. Mrs Greer hatte gesagt, dass Will sehr schnell Höhenangst bekäme. Warum war er dann aber auf diesen Baum geklettert? Das war seltsam. Und da war noch etwas, etwas mit dem Foto aus der Zeitung. Etwas, das nicht zusammenpasste.

Maddie nahm den zusammengefalteten Zeitungsausschnitt von einem Tisch. Mrs Greer hatte sich gefreut, als Maddie darum gebeten hatte, den Ausschnitt eine Weile ausleihen zu dürfen. Natürlich versprach sie der alten Dame, ihn danach wieder unversehrt zurückzubringen.

Maddie studierte das Foto noch einmal genau. Will zur Linken von Mrs Greer, mit seinem jungenhaften Gesicht und einem Wust hellbrauner Haare, er reichte der Frau nicht einmal bis zur Schulter. Zu ihrer Rechten der elfjährige James, einen guten halben Kopf größer als sein Bruder. Sein Gesicht mit dem weißen Verband. Die drei vor dem alten Baum mit seinem langen glatten Stamm und breiten, dicht belaubten Ästen darüber.

Was stimmte nicht an diesem Bild?

Maddie blickte angestrengt darauf. Vielleicht irrte sie sich ja auch …

Das Telefon klingelte. Sie lachte leise vor sich hin. Sie wusste schon, wer das war.

Sie hob ab und sagte: »Hallo, Laura. Ja, ich hab's gesehen. Ja, er war toll. Und ja, ich weiß auch, dass er jetzt im Viertelfinale steht.«

SPIDER: Ich hatte nicht erwartet, noch einmal von Ihnen zu hören.
SHADOW: Mein Plan ist fehlgeschlagen.
SPIDER: Ist der Job noch zu erledigen?
Ganz kurze Pause.
SHADOW: Ja.
SPIDER: Eliminieren?
Eine längere Pause.
SHADOW: Ja.
SPIDER: Dann muss ich alle Einzelheiten wissen.
SHADOW: Ich will, dass die Zielperson zu einer ganz bestimmten Zeit und auf eine ganz bestimmte Art eliminiert wird. Können Sie das tun?
SPIDER: Ja.
SHADOW: Ich kann Ihnen jetzt noch nicht alle Einzelheiten nennen.
SPIDER: Verstanden. Setzen Sie sich sechs Stunden, bevor die Eliminierung stattfinden soll, erneut mit mir in Verbindung. Ich gebe Ihnen eine Handynummer. Nutzen Sie sie nur ein Mal – um den Job zu bestätigen oder aufzukündigen. Wir müssen uns auf Kodewörter einigen. Wenn der Job gekündigt wird, erhalte ich ebenfalls die volle Bezahlung. Verstanden?
SHADOW: Ja. Ich verstehe.
Die Verbindung wurde unterbrochen.
Shadow lehnte sich zurück. Er zitterte unkontrolliert. Er schwitzte. Sein Herz schlug ihm bis zum Hals.
Die Zeit der Rache rückte näher.

Siebzehntes Kapitel

Freitagabend.

Das Halbfinale der Herren.

Will Anderson gegen Ilych Ulyanov.

Maddie klebte vor dem Fernseher und sah sich die Aufzeichnung des Spieles an. Doch es war frustrierend zuzuschauen. Will machte es seinen Anhängern zunächst nicht leicht. Immer wenn ihm alles zu gelingen schien, unterliefen ihm plötzlich wieder vermeidbare Fehler. Er verlor die Konzentration und der Verlauf des Spiels richtete sich gegen ihn. Führte er mit zwei Spielen, verlor er sofort die beiden nächsten. Aber dann erholte er sich und gewann den entscheidenden Satz schließlich doch noch mit 6:4.

Danach kamen die üblichen Interviews.

»Will Anderson – das war ja wirklich ein harter Kampf! Aber am Schluss haben Sie doch gewonnen.«

Will schenkte dem Journalisten ein einnehmendes Lächeln. »Ja.« Er klang froh und erleichtert. »Ilych ist ein guter Spieler. In dieser Phase des Turniers ist sowieso jedes Spiel eine Herausforderung, aber ich wusste schon, dass es heute besonders schwer werden würde.«

Wenn sich Maddie Will so ansah, erschöpft aber glücklich nach seinem Sieg, war es schwer zu glauben, dass man ihm mit dem Tod drohte. Aber diese Drohung war wirklich genug. Sie bestand nach wie vor.

Alex hatte ihr von den vertrockneten Rosen und dem verrotteten Fleischklumpen erzählt. Aber die Rosen waren bis jetzt Shadows letzte Aktion gewesen – die ganze Woche war nichts Neues vorgefallen.

Maddie fand das allerdings nicht beruhigend – ganz im Gegenteil.

Das Telefon klingelte.

Laura. Natürlich. Sie schmiedete schon Pläne für das Finale.

»Ich hab ein paar Bekannte zu mir eingeladen, um das Match zusammen anzuschauen«, sagte Laura. »Susanna und Jules und hoffentlich auch Jacqueline. Meinst du, du kannst auch kommen, Maddie?«

»Nein«, antwortete sie. »Ich muss arbeiten.«

»Du musst *arbeiten*?« Laura schrie fast. »Am Tag des Herrenfinales von Wimbledon? Ist dein Vater ein Sadist, oder was?«

»Da kann man nichts machen«, sagte Maddie. »Tut mir Leid. Ich wünsch euch aber jedenfalls viel Spaß.«

Sie sagte Laura lieber nicht, für welche Arbeit sie an diesem Tag eingeteilt worden war.

Maddie, Danny und Alex würden während des Finales im Centrecourt sein. Zusammen mit mehreren PIC-Beamten sollten sie die Augen nach allem Ungewöhnlichen in der Menge offen halten. Jack Coopers größte Angst war es, dass Shadow ausgerechnet während des Finales zuschlagen würde. Er hatte vor, jeden verfügbaren Officer auf das Wimbledon-Gelände abzuordnen.

Jack Cooper wollte unbedingt sicherstellen, dass Will Anderson vor den Augen eines weltweiten Fernsehpublikums nichts zustieß.

Während der zwei Wochen von Wimbledon sind dort an die neunhundert Leute als Ordner und Sicherheitskräfte beschäftigt. Ehrenamtliche Ordner, Mitarbeiter von Sicherheitsdiensten, Freiwillige von den Streitkräften und Beamte der Londoner Feuerwehr – sie alle übernehmen verschiedene Aufgaben. Dieses Jahr würden zusätzlich noch fünfzehn PIC-Officers anwesend sein. In der nördlichen Halle des Centrecourt-Gebäudes befindet sich auch ein Büro der Londoner Polizei. Chief Superintendent Jack Cooper ordnete an, dass dieser gut ausgestattete Raum den PIC-Beamten zur Verfügung gestellt wurde.

Am Tag des Herrenfinales erreichte das allgemeine Wimbledon-Fieber seinen Höhepunkt. Die Zeitungen berichteten über fast nichts anderes. Ein die Massen elektrisierender siebzehnjähriger Brite hatte es ins Finale geschafft. Jetzt war Will Anderson für alle ein Held.

Jeder, der an diesem Tag sein Radio oder seinen Fernseher anstellte, eine Zeitung aufschlug oder den Leuten in den Geschäften zuhörte, konnte denken, dass das ganze Land komplett tennisverrückt geworden war.

Rufus Hawk hätte das sicher gefallen – wenn er nicht im Brixton-Gefängnis gesessen und samstagnachmittags kein Fernsehen hätte sehen dürfen. Er hockte stattdessen während des Finales in seiner Zelle, hatte den Kopf in die Hände gestützt und fragte sich, was er in seinem Leben wohl alles falsch gemacht hatte.

Der Centrecourt war rammelvoll. Alle, die nicht mehr hineingekommen waren, versammelten sich auf dem Rasen der Aorangi Picnic Terrassen nördlich des Centrecourts – sie würden das Spiel auf einem gigantischen Fernsehbildschirm verfolgen. Die Atmosphäre war festlich und erregt. Die Span-

nung und Erwartung eines großen Spieles stiegen mit jeder Minute.
Der Himmel war bewölkt und die Luft stickig und schwül. Auf dem Centrecourt würde es glühend heiß werden. Maddie und Danny saßen in der ersten Reihe, direkt hinter dem Hochstuhl der Schiedsrichterin. Alex saß auf der anderen Seite des Platzes, in einem Block längs der Anzeigentafel, der den Familien und Teams der Spieler vorbehalten war. Neben ihm saß Lars Johansson. James' Platz war noch leer.
An jedem Ende des Platzes standen die Linienrichter in ihren untadeligen violetten Uniformen. Der Schiedsrichter kam auf den Platz. Begleitet vom höflichen Applaus des Publikums stieg er auf seinen Stuhl.
Schwere Fernsehkameras säumten den Platz. Ab und zu blitzten ihre Linsen in der Sonne auf. Danny verfolgte die TV-Live-Berichterstattung auf seinem Laptop.
»Kannst du uns sehen?«, fragte Maddie und beugte sich über seine Schulter. Sie wusste, dass sie nicht zum Spaß hier waren, aber es war schwer, sich nicht von der feierlich-euphorischen Stimmung der Menge anstecken zu lassen.
Auf Dannys Bildschirm war gerade eine griselige Luftaufnahme des Platzes von einem Kamerakran der BBC zu sehen. Jemand im Fernsehstudio leierte Statistiken über den Rekordbesuch und die Anzahl verkaufter Erdbeerportionen herunter. Die nächste Kameraeinstellung zeigte die grünen Türen hinter der Anzeigentafel.
»Jetzt geht's los«, sagte Danny. Maddie sah auf den Laptop. Jemand hielt eine der Türen auf.
Eine weiß gekleidete Person kam heraus. Die Menge begann zu jubeln.
Will Anderson und Craig Tanner betraten mit über die Schul-

tern gehängten Sporttaschen den Centrecourt. Der Australier Tanner war an Nummer zwei gesetzt worden. Er hatte die Nummer eins im Halbfinale aus dem Turnier geworfen. Will war ungesetzt. Es war das erste Aufeinandertreffen der beiden Spieler. Aber da sich Will jetzt in Topform befand, waren sich die Buchmacher über den Ausgang des Spieles uneinig.

Maddie hörte eine leise Stimme in dem brandenden Applaus. Es war Alex, der über einen kleinen Hörer, den Danny zusätzlich in ihr Handy gesteckt hatte, mit ihr sprechen konnte.

»Maddie? Hast du James irgendwo gesehen?«

»Nein«, antwortete sie und beugte sich dabei über das winzige, in ihr Gerät montierte Mikrofon. »Er müsste eigentlich bei dir sein.«

»Ist er aber nicht«, sagte Alex.

»Was ist los?«, fragte Danny und schaute von seinem Laptop auf.

»James ist nicht da«, sagte Maddie zu ihm.

»Vielleicht war er ja bei Will in der Umkleidekabine«, meinte er.

Maddie gab das an Alex weiter. »Ich gehe nachsehen«, sagte Alex. »Tara ist unten – sie wird es wissen.«

Alex unterbrach die Verbindung.

Die zwei Spieler begannen sich aufzuwärmen und schlugen sich gegenseitig leichte Bälle über das Netz zu. Balljungen und Ballmädchen flitzten wie grün und violett livrierte Käfer über den Platz. Die Spannung stieg weiter.

Dann ertönte die Stimme des Schiedsrichters. »Noch zwei Minuten, bitte, Gentlemen.«

Will zog sich sein Sweatshirt über den Kopf und hängte es über seine Stuhllehne. Er sah Maddie und Danny und winkte ihnen kurz zu. Er wirkte entspannt und voller Energie.

Der Australier hatte an einem Ende des Platzes seine Position eingenommen und wartete. Will lockerte kreisend seine Schultern, nahm seinen Schläger und ging ruhig zur Grundlinie.

Die Menge verstummte.

Will hatte den ersten Aufschlag. Er ließ den Ball einige Male aufspringen und beugte sich vor. Dann warf er, den Schläger halb in der Luft, den Ball hoch; der Ball rotierte am Scheitelpunkt seiner Bahn. Im nächsten Augenblick schwang Will den Arm durch und knallte den Ball mit seinem Racket über das Netz.

Das Finale von Wimbledon hatte begonnen.

✵

Danny hatte ein Durcheinander verschiedener Stimmen im Ohr. Er hatte seinen Laptop mit dem Sicherheitsnetz der PIC verbunden, rollte den Maus-Ball hin und her und hörte die verschiedenen Kanäle ab. Ein Kollege nach dem anderen machte seine Kurzmeldung.

Nichts Neues.

»Gut«, murmelte Danny vor sich hin. »Keine Neuigkeiten sind besser als schlechte Neuigkeiten.«

Plötzlich brach lauter Applaus los. Danny sah auf.

»Spiel und erster Satz Mr Anderson«, verkündete der Schiedsrichter. »Mr Anderson führt nach Sätzen 1:0.«

Maddie suchte mit ihrem kleinen Fernglas die Menge ab. Sie musterte einen ihr gegenüber sitzenden Mann mit zurückgekämmten braunen Haaren und tief liegenden Augen. Neben ihm seine Frau, eine zierliche dunkelhaarige Person in einer zartgelben Bluse.

Der Sitz daneben war nach wie vor leer. Dann kam Lars Johansson mit seinem wie üblich versteinert-ausdruckslosen Gesicht. Er klatschte nicht einmal, sondern beobachtete Will nur mit einer Intensität, die Maddie an den Blick eines Raubvogels erinnerte.

Die anderen Plätze dieses Blocks wurden von Craig Tanners Begleitung eingenommen. Seine Freundin, ein Supermodel, unnahbar hinter ihrer Designer-Sonnenbrille. Seine Eltern, die man extra von Australien hatte einfliegen lassen, stolz und mit geröteten Gesichtern.

Maddies Blick wanderte zurück zu dem leeren Platz.

Sie drückte einen Knopf ihres Handys und öffnete damit die Verbindung zu Alex.

»Wo ist James?«, fragte sie.

»Ich weiß es immer noch nicht. Ich hab mit Tara gesprochen. Sie hat ihn auch nicht gesehen. Wir haben jemanden in seine Wohnung geschickt – da ist er auch nicht.«

»Glaubst du, dass ihm irgendetwas zugestoßen ist?«, fragte Maddie. Ihr Magen verkrampfte sich vor Angst. Hatte sie Shadow vielleicht doch alle an der Nase herumgeführt? Vielleicht hatte er ja einfach James entführt, während sich alle Blicke auf Will richteten. Wenn jemand Will Anderson etwas antun wollte, konnte er darauf wetten, dass Will am Boden zerstört wäre, wenn seinem Bruder etwas zustieße.

»Ich hab auch mit dem Boss gesprochen«, sagte Alex. »Er hat alle alarmiert, meint aber, dass wir auf unseren Plätzen bleiben sollen. Es könnte auch sein, dass James entführt wurde, um uns von Will abzulenken.«

Das Ende des ersten Satzes. Nach einem hart erkämpften Sieg saß Will mit dem Rücken zu Danny und Maddie auf seinem Stuhl. Er hatte sich ein Handtuch um die Schultern gelegt und trank Fruchtsaft aus einer Flasche. Es war glühend heiß auf dem Platz. Das Stadion wirkte wie ein Ofen.

Will wandte den Kopf zur Seite. Danny nahm an, dass er zu dem Block schaute, wo James eigentlich sitzen sollte. Dann drehte sich Will um und sah Maddie und Danny fragend an. Er hatte bemerkt, dass James immer noch nicht aufgetaucht war.

»Oh-oh«, murmelte Danny vor sich hin. »Das wird ihm nicht gefallen.«

Maddie machte James ein beruhigendes Zeichen, das bedeuten sollte, dass man nach James suchte, und sagte in Lippensprache »Keine Sorge« zu ihm. Sie wusste allerdings nicht, ob das etwas nützen würde.

»Time, please«, verkündete der Schiedsrichter.

Die beiden Spieler standen auf.

Maddie spürte, wie sich ihre Nägel in ihre Handflächen gruben. Wie würde Will mit der Abwesenheit seines Bruders zurechtkommen? Würde es irgendeine Auswirkung auf sein Spiel haben?

Die Stimmung des Publikums hatte sich geändert. Zu oft in diesem zweiten Satz hatten die beinahe vierzehntausend Leute gleichzeitig die Luft angehalten, wenn Will leichte Bälle nicht erreichte oder ins Aus schlug. Doch dann erholte er sich wieder und schaffte ein Break. Aber der Australier war viel zu erfahren, um sich dadurch aus dem Konzept bringen zu lassen. Er kämpfte weiter und schaffte schon im nächsten Spiel ein Re-Break.

Will war verunsichert und verlor seinen Aufschlag durch zwei

Doppelfehler. Die Menge stöhnte auf. Tanner wuchs mit der Herausforderung und gewann den Satz.
Maddie saß bedrückt auf ihrem Platz, die Ellenbogen auf die Knie gestützt. Wills Spiel ließ nach. Seit er bemerkt hatte, dass James nicht da war, war ihm alles schief gegangen. Der junge Spieler saß mit hängenden Schultern und gesenktem Kopf auf seinem Platz.
Maddie warf Danny einen Blick zu. Er war ganz auf seinen Laptop konzentriert. »Ich gehe los und suche James«, sagte sie zu ihm. »Ich kann jetzt nicht einfach tatenlos dasitzen.«
Danny schaute auf. »Aber sei vorsichtig«, sagte er. »Wir bleiben in Verbindung. Dein Dad rastet aus, wenn dir irgendetwas zustößt.«
Maddie nickte. Sie ging den Gang entlang, dann die Treppe hinunter und verließ den Centrecourt. Sie wusste, dass die anderen PIC-Beamten bereits nach James suchten, aber sie konnte einfach nicht hier sitzen bleiben und zusehen, wie Wills Gewinnchancen dahinschwanden. Sie musste etwas tun.

✴

Dannys Laptop war jetzt wieder auf die Fernsehberichterstattung eingestellt. In seinem Ohr stritten sich zwei BBC-Kommentatoren darüber, was schief gelaufen war. Wills Spiel war von den schwindelnden Höhen des ersten Satzes in ein deprimierendes Tief gerutscht. Er hatte den dritten Satz mit 1:6 verloren. Anschließend hatte er jedoch etwas mehr Glück. Es gelang ihm gerade noch, den vierten Satz für sich zu entscheiden, da er von einigen untypischen Fehlern des Australiers profitieren konnte.
Die Prognosen der internationalen Fernsehkommentatoren

waren dennoch eher düster. Aufs Ganze gesehen, spielte Will einfach zu schlecht. Wenn Craig Tanner die Nerven behielt und sein Niveau aufrechterhielt, würde der fünfte und entscheidende Satz für Will ziemlich ungemütlich werden.

✳

Maddie hatte das gesamte Wimbledon-Areal nach irgendeiner Spur von James abgesucht. Sie hatte jeden PIC-Mitarbeiter angesprochen, den sie traf.

»Haben Sie James Anderson gesehen? Oder haben Sie irgendetwas von ihm gehört?«

Nichts. Keine Neuigkeiten.

Maddie stellte sich innerlich immer mehr auf die Möglichkeit ein, dass Shadow James statt Will geschnappt hatte.

Doch dann sagte ein Mitarbeiter des Sicherheitsdienstes, dass er jemanden, der James ähnelte, in das Restaurant der Competitors-Terrasse gehen sehen hätte.

Maddie lief um das Millennium Building westlich des Centrecourt herum. Sie ging hinein und dann die Treppe zu der Terrasse hoch. Mit ihrem PIC-Ausweis kam sie durch die Sicherheitskontrollen. Sie überquerte die Terrasse und betrat das Restaurant. Hier durfte nicht jeder hinein. Ein paar Leute saßen vor einem großen Fernseher an der Wand und verfolgten das Finale. James war nicht dabei. Maddie ging durch das Restaurant und gelangte auf der anderen Seite auf einen Flur. Dort befanden sich einige Privaträume.

Sie öffnete die erste Tür und sah in einen kleinen weißen Raum.

Ein Mann saß an einem Tisch.

Es war James. Vornübergebeugt, den Kopf auf die Hände gestützt. Der Tisch war mit Zeitungen und Zeitschriften übersät. Er schaute nicht auf.

»Hallo, Maddie«, sagte er leise.

Sie betrat den Raum, schloss leise die Tür hinter sich und ging zu ihm hin. Vom Tisch aus sah ihr Will mindestens ein Dutzend Mal entgegen. Alle Zeitungen und Zeitschriften lagen offen da, aufgeschlagen waren jeweils Artikel über James' erfolgreichen Bruder.

»Gewinnt er?«, fragte James. Der Raum war kühl und ruhig, die Klimaanlage rauschte leise im Hintergrund.

»Nein.« Maddie stand auf der anderen Seite des Tisches und schaute James an. Selbst aus dieser kurzen Entfernung merkte man nicht, dass er auf einem Auge blind war. Er starrte nach wie vor auf die Fotos von Wills Gesicht und klopfte nervös mit einem Filzstift auf den Tisch.

»James? Was ist los?«, fragte Maddie.

James sah träge zu ihr auf. Er sprach sehr langsam. »Weißt du, wer ich bin, Maddie? Ich bin der Typ mit dem verschwommenen Gesicht im Hintergrund all dieser Fotos. Sonst nichts.« Er lachte schwach. »Der ewige Typ im Hintergrund.«

Maddie langte über den Tisch und legte James eine Hand auf den Arm.

»Das ist nicht wahr«, sagte sie ruhig, aber entschieden. »Will braucht dich. Komm mit. Gehen wir rüber zum Centrecourt. Komm.«

James sah sie an. Er zitterte ein wenig. Sein Gesicht war trotz des klimatisierten Raumes schweißnass.

»James?«, flüsterte Maddie. »Was ist? Kommst du mit?«

Er antwortete nicht. Er saß einfach da, sein gutes und sein blindes Auge auf sie gerichtet, mit bleichem kantigem Gesicht. Maddie merkte, dass ihr Herz schneller zu schlagen begann.

Plötzlich kam es ihr in dem Raum drückend und eng vor. Sie zog einen Stuhl unter dem Tisch hervor und ließ sich schwer darauf sinken. Sie hatte Angst, im nächsten Moment den Boden unter den Füßen zu verlieren.

Achtzehntes Kapitel

»Spiel Mr Tanner«, sagte der Schiedsrichter. »Mr Tanner führt im letzten Satz mit 5:4. Mr Tanner und Mr Anderson haben jeweils zwei Sätze gewonnen. Mr Tanner schlägt auf.«

In diesem Finale hatte Will sich schon aus mehr als einem Tief herausgekämpft. Doch immer dann, wenn seine Anhänger dachten, dass sich das Blatt gewendet hätte, machte er einen einfachen Fehler, der Craig Tanner gleichziehen ließ.

Und jedes Mal wanderte Wills Blick zu dem Block der Spielerfamilien und -teams und suchte nach dem Gesicht, das nach wie vor nicht aufgetaucht war. Alex verstand die Bedeutung dieser flüchtigen Blicke. Er fand James' Abwesenheit ebenfalls beunruhigend. James war beim Frühstück noch so wie immer gewesen. Er und Will hatten die Taktik fürs Finale beraten. Als sich Will auf einem der nicht öffentlichen Plätze aufgewärmt hatte, war er wie immer dabei gewesen.

Alex zermarterte sich das Hirn. Er versuchte den Moment zu bestimmen, als James verschwunden war. Er erinnerte sich, dass er noch auf dem Weg zu den Umkleidekabinen mit ihm gesprochen hatte. Aber was war dann passiert? Von einem Augenblick auf den anderen war er verschwunden.

»Fünfzehn – null.«

Widerwilliger Applaus von den britischen Fans. Tanner spielte gut. Will Anderson spielte schlecht. So einfach war das.

Alex wandte sich um. Er wollte sehen, wie Lars Johansson mit der bevorstehenden Niederlage seines Spielers zurechtkam. Der hagere Däne lehnte sich auf seinem Stuhl zurück und beobachtete Will mit ausdruckslosem Gesicht. Es kam Alex beinahe vor, als interessierte sich der Trainer überhaupt nicht für seinen Schützling.

Auf dem Platz schlug Tanner ein Ass.

»Dreißig – null.«

Einzelne Missfallensbekundungen vom Publikum.

Der Australier warf den Ball hoch. Sein Schläger zischte durch die Luft. Der Ball sauste über das Netz und traf genau die gegnerische Aufschlaglinie. Eine kleine Puderwolke flog auf. Will hatte sich nicht gerührt. Der Ball krachte gegen die Bande wie ein Pistolenschuss.

»Vierzig – null.«

Matchball gegen Will Anderson.

Alex wandte sich wieder dem Spiel zu. Tanner bereitete sich auf den Schlag vor, mit dem er das Finale für sich entscheiden konnte. Auf den überfüllten Rängen des Centrecourt wurde es still.

Der Ball knallte über das Netz. Will drosch ihn mit einer kräftigen doppelten Rückhand zurück. Tanner stürzte sich darauf und schaffte es den Ball zurückzuschlagen. Will ging ans Netz und spielte einen harten, abwärts gerichteten Volley. Der Ball sprang zweimal auf, bevor Tanner in seine Nähe kam.

Eine regelrechte Applauslawine von den Rängen.

Will hatte es irgendwie geschafft, seine letzten Reserven zu mobilisieren. Noch gab er sich nicht geschlagen.

Drei Minuten später saßen die Gegner links und rechts neben dem Schiedsrichterstuhl. Es stand 5:5.

Alex drehte sich abermals zu Lars Johansson um. Sein Gesicht zeigte keinerlei Ausdruck – wie ein Stein.

»Das war knapp«, sagte Alex zu ihm.
Johansson nickte.
Alex runzelte die Stirn und beugte sich vor. »Warum sind Sie hier, Lars?«, fragte er leise.
Der undeutbare Blick des Dänen richtete sich auf ihn. Johansson antwortete nicht.
Alex sprach so leise, dass nur er ihn verstehen konnte. »Warum sind Sie geblieben, als man Ihnen sagte, dass Sie nicht bezahlt werden können?«, fragte er ihn. »Das habe ich nicht verstanden. Sie schulden Will schließlich nichts. Ich glaube noch nicht einmal, dass Sie ihn mögen. Also, warum sind Sie immer noch da?« Alex' Augen verengten sich zu Schlitzen. »Habe ich irgendetwas übersehen?«, flüsterte er. »Gibt es irgendeinen Grund, warum Sie Will weiter trainieren? Etwas, das wichtiger ist als Geld?«
Die grauen Augen des Dänen wurden hart. Dann der Anflug eines Lächelns auf seinem Gesicht. »Ja«, sagte er. »Es gibt einen Grund, der wichtiger ist als Geld.« Seine Augen funkelten wie zersplitterter Stein. »Ein Grund, der viel wichtiger für mich ist.«
Als die beiden Spieler ihre Plätze einnahmen, erhob sich eine erneute Applauswoge.
Alex griff mit einer Hand in seine Tasche nach seinem Handy. Wenn sein Misstrauen gegenüber Johansson berechtigt war, brauchte er Verstärkung.

✳

Auf der gegenüberliegenden Seite des Platzes ertrug es Danny kaum noch, dem Spiel länger zuzuschauen.
»Wenn der Typ mir einen Herzinfarkt verschaffen will, ist er

auf dem besten Weg«, murmelte er vor sich hin. Seine Augen wanderten stetig zwischen dem Bildschirm seines Laptops und dem Platz hin und her. Auf dem Schirm war gerade eine Nahaufnahme von Will zu sehen. Er saß auf seinem Stuhl und starrte wie in tiefe Gedanken versunken ins Leere.
Danny sah auf seine Armbanduhr. Maddie war schon zu lange weg. Er kontrollierte, ob sein Hörer noch an seinem Platz war und öffnete mit seinem Laptop die Verbindung zu ihr. Ein Handy ganz in der Nähe klingelte. Es war das von Maddie, sie hatte es auf ihrem Platz liegen lassen. Danny verdrehte genervt die Augen. Sie war ohne das Handy losgegangen. *Klasse! Immer schön auf Sicherheit achten, Maddie!*
Danny blickte einige Sekunden lang nachdenklich auf seinen Bildschirm. Dann schloss er den Laptop und schob ihn in seine weiche lederne Aktenmappe. Er nahm Maddies Handy und ließ es in seine Tasche fallen. Er würde ihr gehörig Bescheid sagen. Das war kein guter Augenblick, um sich aus der Verbindung mit ihm und den anderen PIC-Leuten auszuklinken. Er stand auf und ging an der Stuhlreihe entlang, die Treppe hinunter und durch den Ausgang hinaus.
Auftrag: Maddie finden, bevor sie irgendwelchen Unsinn machte.
Bevor sie sich in Schwierigkeiten brachte.

✵

Alex musterte Johansson genau. In den Augen des Dänen lag ein seltsamer Ausdruck. Alex hatte das Gefühl, dass er gleich etwas zu hören bekäme – etwas, das Lars Johansson lange für sich behalten hatte.
Ein Geheimnis? Aber was für ein Geheimnis?

»Sie fragen mich, warum ich hier bleibe und den Jungen weiter trainiere?«, murmelte Johansson. Er streckte die Hand aus und packte Alex am Handgelenk. »Ich werde Ihnen sagen, warum ich bleibe. Ich bleibe, weil ich früher einmal ein Junge genau wie Will war. Ein begabter Junge, mit einer großen Zukunft.« Er schüttelte den Kopf. »Ich wusste, dass ich Talent hatte und dachte, dass ich ohne großen Aufwand gewinnen könnte. Ich hatte mich geirrt. Man braucht mehr als nur Talent, wenn man die Grandslams gewinnen will. Es braucht harte Arbeit. Dieser Junge da ist genau wie ich, als ich in seinem Alter war. Er lässt sich zu leicht ablenken.« Johansson starrte Alex kalt und herausfordernd an. »Mit der richtigen Disziplin hätte ich ein Champion werden können. Dieser Junge hier wird ein Champion sein – und ich werde meine Pflicht erfüllt haben.« Er ließ Alex' Handgelenk los, lehnte sich zurück und verschränkte die Arme. »Darum bleibe ich hier.« Sein Gesicht wurde wieder genauso ausdruckslos wie zuvor. »Ich erwarte nicht von Ihnen, dass sie das verstehen.« Seine grauen Augen richteten sich wieder auf den Platz.

Alex atmete tief und erleichtert aus.

Er ließ sein Handy los und konzentrierte sich wieder auf Will, der jetzt aufschlug und weiter um den Finalsieg kämpfte.

Maddie und James saßen sich noch immer an dem Tisch gegenüber. Darauf lagen neue Fotos von Will, der aus Zeitungen und Zeitungen zur Zimmerdecke hochsah.

»Sprich mit mir, James«, sagte Maddie leise.

Er schaute sie an. Sie hatte den Eindruck, dass er sie überhaupt nicht wahrnahm.

»Über was?«, fragte er. »Über Will? Alle reden über Will – also, warum nicht auch wir?« Er hob einen Mundwinkel zu einem spöttischen Grinsen. »Was willst du über Will wissen? Ich habe die besten Insider-Storys, Maddie. Ich kann dir Sachen erzählen, von denen sonst keiner etwas weiß.«

Maddie sah ihn unverwandt an. Plötzlich wurde ihr etwas klar. Etwas, das schon Tage lang an ihr genagt hatte. Das Foto aus der Zeitung. Der Baum. Die drei Gestalten.

»Wie ist es damals zu dem Unfall gekommen, James?«, fragte sie. »Der Unfall, bei dem du dich am Auge verletzt hast?«

»Ich war im Haus«, sagte Will. Seine Stimme klang dumpf und monoton, als hätte er schon hunderte Male seine Version des Unfalls erzählt. »Will kletterte auf den Baum in unserem Garten. Er bekam Angst. Er traute sich nicht mehr hinunter. Er rief um Hilfe. Es war keiner da, der ihm helfen konnte. Also versuchte ich es. Ich versuchte ihn zu überreden, dass er herunterkommen sollte, aber er hatte zu große Angst. Ich kletterte ihm nach und versuchte ihn hinunterzubringen. Der Ast brach und wir fielen hinunter. Wir fielen in den Garten einer Nachbarin. Wir fielen in ihren Rosenbusch.« Er lächelte abermals sein spöttisches Lächeln. »Es waren rote Rosen. Will schlug sich den Kopf an einem Stein an und wurde bewusstlos. Ich bekam einen Dorn in mein Auge.« Er fuhr sich mit der Hand über sein rechtes Auge. »Sie haben mich operiert, aber es war zu spät. Zu viel Augenflüssigkeit verloren. Ich wurde blind auf dem Auge.« Er ließ seine Hand sinken. »Du würdest es nicht bemerken, oder? Wenn du mich anschaust? Du würdest nicht merken, dass ich halb blind bin?« Er hob die Stimme. »Du würdest nicht bemerken, dass ich damals *ein für alle Mal* meine Chancen auf eine Tenniskarriere zerstört habe!« Seine Hand griff nach dem Filzstift auf dem Tisch – er

begann mit der Spitze auf der Zeitschrift vor ihm herumzukratzen.
Maddie atmete tief durch. »Wie ist Will auf den Baum gekommen?«, fragte sie leise. Das war es! Das war es, was sie die ganze Zeit an Mrs Greers Zeitungsausschnitt verwirrt hatte. Es ergab keinen Sinn: Will war allein im Garten gewesen. Es war ein hoher Baum. Ein hoher Baum mit einem langen glatten Stamm. Maddie sah das Foto vor ihrem inneren Auge. Die untersten Äste befanden sich immer noch über Mrs Greers Kopf. Ein sportlicher, groß gewachsener Elfjähriger wie James hatte hochspringen, sich an einem der untersten Äste festhalten und hochziehen können. Aber nicht Will, der erst sieben und einen halben Kopf kleiner war als sein Bruder.
»Ich hab es dir doch gesagt – er ist hochgeklettert«, sagte James knapp.
»Wie?«, fragte Maddie. »Ich hab ein Foto des Baumes gesehen, James. In der Zeitung. Ich wüsste nicht, wie er da hinaufgekommen sein sollte. Die Äste waren viel zu hoch.«
James antwortete nicht. Er starrte vor sich auf den Tisch und konzentrierte sich auf den Filzstift. Er bewegte die Hand hin und her und stach immer wieder mit dem Stift in die Zeitschrift.
Maddie sah auf die Zeitschriften auf dem Tisch. Ihr Herz begann schneller zu schlagen.
James' Hand bewegte sich auf und ab, auf und ab. Scharfe, harte, schnelle Bewegungen, die die Spitze des Stiftes ausfasern ließen.
James stach damit auf ein Foto von Will ein.
Er stach den Stift genau in Wills Augen.

Neunzehntes Kapitel

Maddie wurde eiskalt. Ihr Herz schien auszusetzen. Sie beobachtete ebenso entsetzt wie fasziniert, wie James eine andere Zeitschrift über den Tisch zu sich herzog. Wieder stach er die Spitze des Filzstiftes wie ein Messer in Wills Augen. Er malte sie schwarz aus und bohrte die Spitze dann fester hinein, bis er die Augenhöhlen ausriss – sodass Will blind wurde.

Es war beinahe so, als hätte James vergessen, dass Maddie da war. Schließlich hob er den Blick und schaute sie an. Er lächelte.

»Eigentlich sollte ich es sein«, sagte er mit seltsam belegter Stimme. »Normalerweise wäre ich es, der da draußen auf dem Platz die Spiele gewinnt. Der all die Aufmerksamkeit erntet. All den Ruhm.«

Maddie griff vorsichtig nach ihrer Tasche und tastete nach ihrem Handy. Es war nicht da. Eine Welle von Übelkeit stieg in ihr auf. Es musste ihr aus der Tasche gefallen sein.

»Bis zu den American Open im letzten Sommer war mir das gar nicht richtig klar«, fuhr James mit der gleichen fremden Stimme fort. »Er hat mein Leben ruiniert. Wenn ich nicht auf den Baum geklettert wäre, um ihn zu retten, wenn ich nicht den Sturz ausgelöst hätte, dann wäre ich jetzt der Star in der Presse.« Er bohrte immer weiter in der Zeitschrift herum. »Ich wäre derjenige, den man fotografiert. Ich würde jetzt auf dem Centrecourt stehen.«

Maddie war entsetzt. Es war, als hätte man ihm eine Maske heruntergezogen – und etwas Grauenhaftes kam dahinter zum Vorschein. Sie fuhr sich mit der Zunge über ihre trockenen Lippen. Versuchte nicht in Panik zu geraten. Versuchte einen kühlen Kopf zu bewahren.

»Das tut mir Leid«, murmelte sie. »Wirklich, James, es tut mir sehr Leid. Aber …« Sie zog ihre Beine an und verlagerte ihr Gewicht auf ihre Fußballen – sie musste hier weg! »… aber es war nur ein Unfall. Es war nicht Wills Schuld. Niemand hat daran Schuld.« Die Beine ihres Stuhls kratzten über den dicken Teppich.

James sah sie an.

Maddie schluckte. Keine Angst zeigen, sagte sie zu sich selbst. »Ich gehe jetzt, James«, sagte sie dann so ruhig wie möglich. Sie stand langsam auf, blickte James aber weiterhin ins Gesicht.

James stand ebenfalls auf, noch immer mit leicht gesenktem Kopf, noch immer mit diesem stechenden, seltsamen Blick. Er lachte. Aber es war kein heiteres Lachen.

James griff in seine Hosentasche und zog ein Handy heraus.

»Weißt du, was das ist?«, fragte er.

Maddie starrte das Handy an. Sie ging vorsichtig um ihren Stuhl herum und griff nach der Lehne, um ihn notfalls als Waffe einsetzen zu können, wenn er auf sie losging.

»Weißt du, was ich damit machen werde, Maddie?«, fragte James sie. »Ich werde mich *rächen.*«

Er begann eine Nummer zu wählen und sagte sich dabei leise die einzelnen Zahlen vor.

Maddie ging langsam rückwärts zur Tür und suchte hinter ihrem Rücken mit der Hand nach der Klinke.

James sah auf.

»Es ist zu spät«, sagte er lächelnd. »Ich hab's getan. Jetzt gibt es kein zurück mehr.«
Maddies Hand fand die Klinke. Sie drückte sie hinunter und zog die Tür in ihre Richtung, machte einen Schritt zur Seite und schlüpfte durch den Spalt hinaus. Sie knallte die Tür hinter sich zu und rannte durch den Flur – ihr Herz klopfte wie wild und sie spürte das Blut in ihrem Kopf pochen.

»Spiel Mr Anderson. Mr Anderson und Mr Tanner haben in diesem letzten Satz jeweils sechs Spiele gewonnen, bei zuvor jeweils zwei Gewinnsätzen.«
Das Publikum raste. Will hatte seinen eigenen Aufschlag durchgebracht und beinahe den des Australiers gebreakt. Doch dann hatte Tanner mit zwei knallharten Assen das Spiel für sich entschieden. Die Atmosphäre auf dem Centercourt vibrierte vor Spannung. Doch obwohl er gerade hatte ausgleichen können, wirkte Tanner langsam erschöpft. Will stand an der Grundlinie, um aufzuschlagen.
Irgendwo inmitten der Menge saß ein unauffälliger Mann. Er trug teure Freizeitkleidung – ein offenes Polohemd und eine gut geschnittene cremefarbene Hose. Seine hellbraunen Haare waren kurz geschnitten. Er hatte ein weiches, glattes Gesicht. Er trug eine runde Brille mit Drahtgestell, dunkle Gläser gegen die Sonne.
Er wirkte wie ein ganz normaler Centrecourt-Besucher – bis auf eine Sache. Während die Blicke aller anderen Zuschauer mit dem gelben Ball über das Netz hin und her wanderten, hielt er seine Augen die ganze Zeit auf Will Anderson gerichtet.

Zwischen seinen Füßen stand ein silberner Koffer.
Er hörte sein Handy in seiner Tasche klingeln. Er hatte zuvor einen Refrain aus Beethovens Pastorale als Rufzeichen einprogrammiert.
»Es tut mir sehr Leid«, murmelte er seinem unmittelbaren Nachbarn zu. Auch seine Stimme war unauffällig, klang gut. „Es tut mir wirklich sehr Leid.«
Er zog das Handy aus der Tasche und drückte auf den O.K.-Knopf, um das Klingeln abzustellen.
Eine Nachricht erschien auf dem Display.
AUGEN WEIT OFFEN.
Er steckte das Handy wieder ein und langte nach dem Griff seines silbernen Koffers.
Die Menge brüllte los, als Will sein Aufschlagspiel gewann. Jetzt musste er nur noch ein Break schaffen, und der Turniersieg gehörte ihm.
Der Mann achtete nicht darauf.
»Entschuldigen Sie bitte«, sagte er und schob sich mit entschuldigendem Lächeln an den anderen Zuschauern auf das Ende der Sitzreihe zu. »Tut mir Leid. Entschuldigung. Tut mir wirklich Leid.«
Er erreichte die Treppe und ging auf den Ausgang zu.

✷

Maddie rannte in das Restaurant und stieß beinahe mit Danny zusammen.
Er bemerkte sofort, dass irgendetwas Schlimmes vorgefallen sein musste.
Maddie war völlig außer Atem, ihr bleiches Gesicht noch vom Horror der Begegnung mit James gezeichnet.

»Was ist?«, fragte er. »Schnell. Was ist passiert?«
»Es ist James«, keuchte Maddie. »Er ist krank. Verrückt.« Sie rang nach Luft. »Ich glaube, dass James Shadow ist. Er ist ...« Sie zeigte mit dem Arm hinter sich, schüttelte dann aber den Kopf. Es war jetzt keine Zeit für Erklärungen und lange Details. »Er hat mit seinem Handy eine Nachricht losgeschickt. Ich glaube, er hat Kontakt mit Spider aufgenommen.«
Danny reagierte sofort. Er zog sein Handy aus der Tasche und drückte einen Knopf, der ihn mit Alex verband.
Alex antwortete sofort. »Danny? Was ist?«
»Shadow ist *James!*«, sagte Danny. »Maddie war bei ihm. Er hat Spider verständigt.«
»Bin schon unterwegs.« Die Verbindung wurde unterbrochen.
Danny schaute Maddie an. »Wir müssen James schnappen«, sagte er. »Bist du okay?«
Maddie nickte.
Sie rannten aus dem Restaurant zurück zu dem weißen Raum.

✻

Alex stand an einem Ausgang des Centrecourt, unter der Überdachung, die die obersten Sitzränge schützte. Er suchte die Menge mit einem kleinen Fernglas ab. Er suchte nach irgendetwas Außergewöhnlichem.
Er hatte Dannys Nachricht an Jack Cooper weitergegeben. Kurz darauf wussten alle PIC-Mitarbeiter Bescheid: Spider war hier. Spider war auf Will Anderson angesetzt worden. Jeder PIC-Officer in Wimbledon eilte zum Centrecourt. Jeder Ausgang wurde bewacht.

Alex fühlte, wie Adrenalin durch seinen Körper gepumpt wurde. Sie mussten Spider fassen, bevor er Will tötete! Wenn das möglich war. Wie lange würde ein professioneller Killer brauchen, um eine einzelne tödliche Kugel abzufeuern? Den Bruchteil einer Sekunde.

Er wird einen guten Fluchtweg vorbereitet haben, dachte Alex. *Den Job erledigen und dann untertauchen.* Das war Spiders Vorgehensweise. Darum hatten sie ihn bei all seinen »Aktionen« bis heute nicht fassen können.

Alex hob das Fernglas an seine Augen. Die Menge pulsierte vor seinen Augen. An den Mauern im Hintergrund des Stadions befanden sich die gegen die Sonne geschützten Fenster von über vierzig Kabinen der Fernseh- und Radiokommentatoren.

Alex fuhr sich mit dem Ärmel seines Hemds über die Stirn. Er schwitzte.

Die Menge fieberte. Einzelne Rufe, Applaus. Pfeifen. Craig Tanner hatte erneut ausgeglichen.

Dann ein Ruf aus der Menge: »Nun mach schon!« Unbehagliches Lachen, als die Spieler zu ihren Plätzen neben dem Schiedsrichterstuhl gingen.

Alex richtete sein Fernglas auf Will Anderson. Er wirkte müde. Er wischte sich sein Gesicht mit einem Handtuch ab. Er nahm einen langen Zug aus einer Plastikflasche. Er schälte eine Banane und biss ein Stück ab. Sein Blick wanderte zu den Plätzen der Familienangehörigen. Er wartete immer noch auf James.

Alex war extrem angespannt. Er erwartete jede Sekunde das tödliche Krachen aus der Waffe des Heckenschützen. Er erwartete Will auf seinem Stuhl mit einem roten Fleck zwischen den Schulterblättern vorwärts sinken zu sehen …

Das musste um jeden Preis verhindert werden! Alex biss die Zähne zusammen und suchte weiterhin die Menge durch sein Fernglas ab. Er würde Spider auf keinen Fall in Wills Nähe kommen lassen …

Der weiße Raum war leer. Die Zeitschriften und Zeitungen lagen noch auf dem Tisch. Verschandelt. Danny warf einen kurzen Blick auf die Fotos von Will mit den ausgekratzten Augen. Er kannte das bereits. Aber das machte es auch nicht weniger schockierend.

Maddie zog ihn aus dem Zimmer. Sie zeigte auf das Ende des Flurs. Eine ausziehbare Metallleiter. Eine Luke, die zum Dach hinaufführte.

Die Luke stand offen.

Sie rannten los. Maddie erreichte die Leiter zuerst. Sie kletterte hinauf, ihre Schritte knallten auf jeder Sprosse. Danny folgte ihr.

»Sei vorsichtig!«, rief er ihr zu.

Maddie kletterte in das gleißende Tageslicht hinaus. Sie stand auf dem hohen geschwungenen Dach des Millennium Buildings. Hinter sich konnte sie die Geräusche der Zuschauermenge hören. Zu ihrer Rechten streckte sich die Wölbung des langen grauen Gebäudedaches aus. Zu ihrer Linken befanden sich die südlichen Tennisplätze. Vor ihr fiel das Dach sanft zur Somerset Road hin ab.

Eine Gestalt kauerte auf dem Dach. Gekrümmt, wie ein in die Enge getriebenes Tier.

»James.«

Er wandte ihr seinen Blick zu. Er sagte nichts.

»Das kannst du nicht machen, James«, rief Maddie. Sie kniete sich auf das Dach – sie fühlte die heiße Oberfläche an den Knien durch ihre Jeans. »Ich will dir helfen.«
James lachte.
»Du kannst Will doch nicht umbringen lassen!«, brach es aus Maddie heraus. »Das kannst du nicht!«
James sah sich um. Er suchte eine andere Möglichkeit, um vom Dach herunterzukommen.
Maddie stand auf. James war einige Meter von ihr entfernt. Der Widerschein der Sonne auf dem hellgrauen Dach blendete sie. Ihre Hände waren schweißnass.
Sie wischte ihre Hände an der Jeans ab und ging langsam und unsicher auf James zu.

Zwanzigstes Kapitel

Der Mann mit dem silbernen Koffer trug jetzt eine schwarze Maske, die sein Gesicht bedeckte. Er öffnete die Tür zu einer der Kabinen für die Radiomoderatoren im Hintergrund des Centrecourts. Er ging hinein und schloss leise die Tür hinter sich. An einem kleinen Tisch saß eine Frau und sprach schnell in ein Mikrofon. Sie saß mit dem Rücken zu ihm und sah durch ein breites, niedrig gehaltenes Fenster, von dem aus man den ganzen Platz überblicken konnte. Der Mann bewegte sich so leise, dass ihn die Frau nicht hören konnte. Er ging durch die kleine Kabine und zog den Mikrofonstecker heraus. Gleichzeitig griff er mit der rechten Hand in seine Innentasche.

Die Frau drehte sich auf ihrem Stuhl um – sie wirkte ebenso überrascht wie verärgert. Der Mann hielt ihr eine kleine Handfeuerwaffe an die Stirn. Ihr Ausdruck verwandelte sich in schieren Horror.

»Ich befürchte, sie müssen einige Minuten vom Sender«, sagte der Mann leise. »Bitte, versuchen Sie nicht den Helden zu spielen.«

Er schob ihr seine linke Hand unter den Ellenbogen und zog sie sanft von ihrem Stuhl. Er führte sie in eine Ecke der Kabine und drückte sie auf die Knie. Er steckte die Waffe in seinen Gürtel und fesselte sie mit raschen geübten Bewegungen.

Dann stützte er sich auf ein Knie und legte seinen Koffer flach auf den Boden. Er öffnete den Deckel und zog eine schwarze Gummischeibe mit einem Handgriff an der Rückseite heraus. In der rechten Hand hielt er einen Glasschneider mit Diamantspitze. Er stand auf, ging zum Tisch und legte die Gummischeibe rechts unten am Fenster an. Er beschrieb mit dem Diamantschneider einen Kreis darum und zog dann das runde Stück Glas aus der Scheibe. Er sah durch das Loch. »Ausgezeichnet«, sagte er mit leiser Befriedigung.

Er kniete sich wieder hin und nahm die Einzelteile einer Super Magnum Maschinenpistole aus dem Koffer und begann sie zusammenzusetzen.

Die Frau beobachtete ihn mit vor Angst weit aufgerissenen Augen. Er schenkte ihr keine weitere Aufmerksamkeit. Er hatte sie sorgfältig gefesselt, sie würde seine Aktion nicht weiter stören.

Es war heiß und stickig in der Kabine, doch der Mann schwitzte nicht. Alle paar Sekunden hörte man den Applaus und Jubel der Zuschauer vom Platz heraufdringen. Das Endspiel ging weiter. Die Tennisspieler kämpften in dem atemberaubenden Finale weiter um den Sieg.

Die Spieler. Die Zielperson und der andere Typ. Er kannte nicht einmal den Namen des anderen. Er war ihm egal. Er war absolut pragmatisch, wenn es um die Arbeit ging. Er verschwendete keine Zeit auf unwichtige Details.

Der Mann nahm ein kleines schwarzes Gerät aus seinem Koffer. Er drückte schnell einige Knöpfe, bis ein grünes Licht aufleuchtete. Von dem Gerät führte ein schmaler schwarzer Draht zu einem winzigen Hörer, den er sich ins Ohr steckte.

Er steckte ein elektronisches Zielfernrohr auf die Pistole und drückte einen Knopf, um den Laser zu aktivieren. Er bewegte seine Hand vor der Linse hin und her. Ein kleiner roter Punkt

erschien auf seiner Handfläche. Dann installierte er einen Hochleistungs-Schalldämpfer an der Waffe. Er lächelte, als er den graumetallenen Schaft streichelte. Es war ein handgefertigtes perfekt ausgestattetes Instrument. Ein schönes Gerät. Spider liebte seine Waffe.
Er liebte seine Arbeit.
Er stand auf.
Er war bereit.

James erhob sich. Er blickte Maddie an.
Sie ging langsam auf ihn zu, die Augen auf sein Gesicht gerichtet. Sie hatte Angst.
Vom Centrecourt drang Applaus herauf.
James machte einen Schritt rückwärts. Er befand sich kurz vor der Stelle, an der das Dach zur Somerset Road hin abfiel. Maddie blieb stehen. Sie hob einen Arm und wischte sich den Schweiß aus den Augen. Ihr Herz klopfte wie wild. Es war so heiß auf dem Dach, dass sie fast keine Luft bekam.
»James!«, keuchte sie und versuchte weiter Augenkontakt mit ihm zu halten. Kontakt mit seinem guten Auge, nicht mit dem blinden. »Was hast du vorhin … mit deinem … Handy gemacht?« Sie musste es wissen. »Wen hast du angerufen?«
James starrte sie an. »Ich habe Spider gesagt, dass er seinen Job erledigen soll«, sagte er und lächelte. Er wirkte erschöpft, schwach. »Weißt du, wie es ist, immer im Schatten von jemand anderem zu stehen? So etwas frisst einen auf, Maddie – es frisst einen bei lebendigem Leib auf.«
»Du kannst Hilfe bekommen«, sagte Maddie. »Du musst dich nicht so schlecht fühlen.«

James ließ den Kopf sinken. »Ich hab es nicht mehr ausgehalten«, sagte er heiser. »Ich wollte, dass endlich Schluss ist – dass mit *ihm* Schluss ist, ein für alle Mal. Ich hatte einen Plan. Ich wollte ihn vergiften. Er hat es nicht gemerkt. Er vertraute mir. Er dachte, es sei nur irgendein Kraftdrink.« Ein kurzes irres Lachen. »Darum hat er seine Form verloren, aber er wusste es nicht, der Idiot. Innerhalb von sechs Monaten wäre er tot gewesen, wenn dieser Narr Johansson nicht dazwischengegangen wäre.«

»Das hättest du nicht getan, James«, sagte Maddie. Sie versuchte so ruhig wie möglich zu sprechen. »Du hättest ihn nicht getötet. Er ist dein Bruder.« Sie schluckte. »Gibt es irgendeine Möglichkeit Spider noch aufzuhalten?«

James schien sie nicht gehört zu haben. »Das Beste hab ich dir noch gar nicht gesagt«, fuhr er fort. Er sah sie mit geweiteten Augen an. »Ich habe Spider ganz besondere Anweisungen gegeben. Ich habe ihm gesagt, dass er Will durchs *rechte Auge* erschießen soll.« Er grinste. »Poetische Gerechtigkeit, verstehst du? Auge um Auge. Ist das nicht perfekt? Ist das nicht einfach perfekt?«

Maddie starrte ihn fassungslos an. Plötzlich hatte sie Angst vor ihm.

James war wahnsinnig.

✷

Alex stand am Zuschauerausgang. Von seinen PIC-Kollegen erhielt er nach wie vor eine negative Antwort nach der anderen. Nichts Auffälliges, nichts Neues. Spider war untergetaucht.

Das war schlecht.

Alex suchte erneut das Zuschauerrund mit seinem Fernglas ab. Wo war Spider? Irgendwo in der Menge? Unten in den Gräben für die Fotografen? Wo?
Plötzlich ein Tumult unter den Zuschauern. Irgendetwas Großes musste passiert sein. Alex ließ sein Fernglas sinken und sah auf den Platz. Die Stimme des Schiedsrichters erhob sich über den Lärm des Publikums.
»Null – vierzig.«
Es stand 7:6 für Will. Tanner musste seinen Aufschlag durchbringen, wenn er nicht verlieren wollte. Aber Will hatte drei Matchbälle.
Der Australier warf den Ball hoch und knallte ihn über das Netz.
Ein Ass – keine Chance.
Nein! Irgendwie war Will noch an den Ball gekommen und hatte ihn mit einer Drehung seines Handgelenks zurückgeschlagen.
Der Ball flog im Bogen über das Netz. Ein leichter Schlag für Tanner, der sich sofort darauf stürzte. Der Ball sauste in einem eigentlich unerreichbaren Winkel auf Wills Seite. Will hechtete über den Platz, erreichte den Ball und spielte ihn mit einem Slice zurück. Tanner tauchte danach und bekam den Ball noch, doch er flog zu hoch.
Die gesamte Zuschauermenge hielt die Luft an, als der Ball in die Luft stieg. Dann verlor er an Schwung, beschrieb einen Bogen und begann zu sinken.
Will war zur Stelle. Er sprang hoch und donnerte den Ball mit all seiner Kraft über das Netz zurück.
Unerreichbar für Tanner.
Die Zuschauer brachen in Jubel aus.
Will hatte gewonnen!

Alex zog sich aus der jubelnden Szenerie zurück. Will Anderson war der neue Champion im Herreneinzel von Wimbledon – und würde vielleicht im nächsten Augenblick erschossen werden.

✷

In James Mundwinkeln bildete sich Schaum. Er faselte jetzt. Maddie verstand kaum etwas von dem, was er sagte. Er brabbelte irgendetwas über den Unfall. Er gab Will die Schuld. Zehn Jahre aufgestauter Wut und Bitterkeit brachen sich Bahn, Ressentiments, die er immer unterdrückt hatte und die sich in ihm angestaut hatten. Dunkle Gefühle, die einen Kurzschluss in seinem Hirn ausgelöst hatten.

»James!«, rief Maddie gegen sein Gebrabbel. »Hör mir zu! Wie ist Will damals auf den Baum gekommen? Wie hat er das geschafft? Und *warum?* Er hatte Höhenangst. Warum sollte er allein auf diesen hohen Baum klettern?«

James verstummte. Sein Lächeln erstarb. Sein Gesicht wirkte leer. »Er hatte immer solche Angst vor diesem Baum«, sagte er. Seine Stimme nahm plötzlich einen kindlich singenden Rhythmus an. »Ich lachte ihn immer deswegen aus, aber der Angsthase wollte trotzdem nicht hochklettern. Nicht, bis ich ihn dazu brachte.«

»Du warst mit ihm im Garten, stimmt's?«, fragte Maddie leise. »Du hast ihn gezwungen auf den Baum zu steigen. Und dann bekam er Angst und du musstest hinterherklettern, um ihm zu helfen. Und dabei bist du abgestürzt. Genau so war es, nicht?«

Eine regelrechte Explosion von Jubel drang über das Dach des Millennium Buildings, wie das Donnern einer sturmgepeitschten See. Ein Applausorkan vom Centrecourt. James' Augen weiteten sich, man konnte das Weiße um die Pupillen sehen. Sein Mund fiel in sich zusammen.

»Er hat gewonnen …«, keuchte er und verzog das Gesicht zu einer schmerzerfüllten Grimasse. Seine Stimme klang wund, erschöpft. »Er hat gewonnen – ohne mich. Er hat gewonnen!«

✳

Will sprang mit der Eleganz einer Gazelle über das Netz – getragen vom Jubel und der Anfeuerung des Publikums. Er lachte, hob triumphierend die Arme. Er umarmte Craig Tanner. Der Australier klopfte ihm auf den Rücken. Es war ein wirklich verdienter Sieg.

Niemand bemerkte den winzigen roten Punkt, der auf dem Rücken von Wills weißem Tennishemd tanzte.

Der Mann mit der schwarzen Maske beugte sich über den Tisch der Kommentatorenkabine. Der lange Lauf der Maschinenpistole zeigte durch das Loch in der Scheibe auf den Platz hinunter. Die teure Sonnenbrille lag auf dem Tisch neben ihm. Er hatte den Kopf geneigt. Ein Auge geschlossen, das andere am Zielfernrohr. Ein Finger lag am Abzug. Er lächelte hinter seiner Maske in der Absicht, diesen Job aufs Beste zu erfüllen. Er wartete den besten Augenblick ab. Er hatte seine Anweisungen. Ein einziger Schuss genau durchs rechte Auge der Zielperson. Das war auf diese Entfernung schwierig. Schwierig, aber nicht unmöglich. Nicht für einen Profi.

Will Anderson musste sich jetzt nur noch zu ihm umdrehen.

Der Finger spannte den Abzug.

✳

Alex' Herz schlug wie ein Hammer gegen seinen Brustkorb. Er hatte etwas durch sein Fernglas entdeckt. Genau gegenüber, auf der anderen Seite des Platzes, unter dem Dach. Ein Lichtreflex auf Metall. Helles Licht auf einer dunklen Metallstange, wo eigentlich keine dunkle Metallstange sein sollte. Sie ragte aus einem schwarzen Loch in der Fensterscheibe einer Kommentatorenkabine. Alex erkannte die tödliche Form – es war ein Pistolenlauf. Er zog sein Handy aus der Tasche und drückte eine Kurzwahlnummer.

»Cooper«, bellte der Chief Superintendent in die Leitung.

Alex beugte seinen Kopf nahe über den Sender, damit ihn sein Boss trotz des Lärms der Menge hören konnte.

»Ich habe ihn«, sagte er leise und gab kurze, präzise Details durch.

»Okay«, hörte er Coopers Stimme. »Tun Sie nichts, Alex. Ich schicke Ihnen die schweren Jungs.«

Die schweren Jungs – eine Spezialeinheit. Alex atmete erleichtert aus. Er hatte es geschafft. Er war sich hundertprozentig sicher, dass er Spiders Aufenthaltsort entdeckt hatte.

Alex hatte noch nie gern gewartet. Es war schwer sich zurückzuhalten und andere Leute agieren zu lassen.

Er hob das Fernglas wieder an seine Augen und richtete es auf das Fenster mit dem Loch in der Scheibe. Der Pistolenlauf war noch immer zu sehen. Doch der Winkel hatte sich geändert. Er war jetzt höher gerichtet.

Alex bemerkte den kleinen roten Fleck nicht, der plötzlich auf seiner Hemdbrust auftauchte. Er wanderte einige Sekunden hin und her, bis er über seinem Herzen zur Ruhe kam.

Seinem pochenden Herzen.

Danny steckte seinen Kopf durch die Dachluke. Er hielt sich im Hintergrund, damit Maddie allein mit James sprechen konnte. Sie schien aber nicht viel Glück zu haben. Es stand nicht besonders gut.

James sah aus, als könnte er jeden Moment zuschlagen.

Danny zog sich hoch. Schweiß rann aus seinen Haaren und tropfte ihm ins Gesicht. Die Art, wie das Dach abfiel, gefiel ihm nicht: Je näher man dem Rand kam, umso steiler fiel es ab. James stand bereits am Abhang – und Maddie war gefährlich nahe daran. Eine falsche Bewegung und sie beide würden den Halt verlieren. Sie würden hilflos hinunterrutschen, fünfzehn Meter in die Tiefe stürzen – und dann auf dem Betonboden zerschmettert werden.

Ein tödlicher Sturz.

✷

James starrte Maddie ins Gesicht.

»Ich habe ihn dazu gebracht auf den Baum zu klettern«, sagte er langsam. Er legte seine Hand auf sein rechtes Auge. »Es war alles meine Schuld – nicht die von Will, überhaupt nicht. Ich war es. Es war *meine* Schuld.«

»Es war ein *Unfall*«, versuchte ihn Maddie zu beschwichtigen. Sie machte einen Schritt auf ihn zu und spürte den Hang des Dachs unter den Füßen. Es war glatt. Schlüpfrig.

»Meine Schuld«, sagte James dumpf. Apathisch. »Immer alles meine Schuld.«

Maddie riskierte einen weiteren Schritt. Ihr Absatz rutschte weg, sie verlor beinahe das Gleichgewicht. Sie versuchte ihre Stimme zu kontrollieren. »Nein! Niemand hat Schuld. Hör mir zu, James.«

»Ich habe ihn getötet!«, rief James mit wildem Blick.
Irgendetwas schien in seinem Hirn wieder einzurasten. Maddie sah es an dem Schmerz, der sich plötzlich über sein Gesicht ausbreitete. Er ging langsam rückwärts. Seine Arme begannen wie wild zu rudern, als er versuchte nicht den Halt zu verlieren. Dann glitten seine Füße aus. Er taumelte rückwärts und begann unaufhaltsam den Abhang des Daches hinunterzurutschen.
Maddie stürzte mit einem Schrei auf ihn zu.
Ihre Finger berührten sich einen Moment lang, bevor er von ihr wegschlitterte.
Sie kroch vorwärts und ignorierte ihre eigene Gefahr.
»James!«, rief sie und hielt ihm in Panik eine Hand hin.
Er streckte seine Arme nach ihr aus.
Sie warf sich der Länge nach auf das glühend heiße Dach. Vor ihren Augen tauchten zuckende rote Flammen auf.
Sie bekam seine panisch herumtastende Hand zu fassen.
Seine Füße ragten bereits über den Rand des Daches ins Nichts.
Maddie stieß einen entsetzten Schrei aus. Sie begann ihm hinterherzurutschen! Sie versuchte auf dem glatten Dach mit ihren Zehen Halt zu finden. Vergeblich. James' Gewicht zog sie immer weiter abwärts. Schweiß rann ihr in die Augen. Sie sah nichts mehr. Sie hörte nur noch ein wahnsinniges Schreien. Ihr Kopf schien völlig leer.
Nun blieb ihr nur noch eine Wahl. Eine einzige schreckliche Wahl.
Entweder sie ließ James los, oder sie stürzte mit ihm zusammen in die Tiefe.
Das war es.
Entweder sie ließ ihn sterben – oder sie starben alle beide.

Einundzwanzigstes Kapitel

Eine Super Magnum Maschinenpistole feuert hochwirksame Lapuakugeln, Kaliber 338. Sie trifft bis auf elfhundert Meter Entfernung mit tödlicher Genauigkeit.

Der Mann lächelte schwach, als der rote Laserfleck auf Alex' Brust zur Ruhe kam.

Er hatte Alex' Nachricht an Jack Cooper gehört. Sie war laut und deutlich in seinem Ohrhörer zu vernehmen gewesen. Das kleine schwarze Gerät aus seinem Koffer war extra dafür angefertigt, Funkmitteilungen in einem Umkreis von einigen hundert Metern mithören zu können und den Sender exakt ausmachen zu können.

Ein anderer Mann hätte den Job vielleicht hingeschmissen, wenn er hörte, dass ihm die Polizei im Nacken saß. Nicht so Spider.

Der Polizist namens Alex und die anderen Bullen, von denen er gerade gehört hatte, waren hinter ihm her – aber das änderte nichts. Spider hatte einen Ruf zu verteidigen. Er hatte noch nie einen Klienten sitzen lassen. Er war schließlich kein Anfänger. Er war die Nummer eins.

Er hatte fünf Kugeln im Magazin.

Eine für den jungen Polizeibeamten namens Alex.

Eine für Will Anderson.

Es blieben also noch drei Kugeln für diejenigen, die sich ihm in den Weg stellen würden.

Mehr als genug, um seine unbeschadete Flucht zu garantieren.
Spiders Finger spannte sich am Abzug.

✴

Maddie stieß einen stummen Schrei aus, als sie spürte, wie sie das abschüssige Dach hinuntergezogen wurde. Sie konnte James doch nicht einfach loslassen – er würde in den Tod stürzen!
Das Dach schien sich unter ihr zu bewegen. Das heiße Metall verbrannte ihre Wange. Der Himmel über ihr schwankte. Sie fühlte sich kraftlos. Zu Tode geängstigt.
Doch dann packte sie irgendetwas an den Fußknöcheln und hielt sie fest.
»Nicht loslassen, Maddie!«, rief Danny dicht hinter ihr. Er hatte James rutschen sehen und gesehen, wie sich Maddie hinterherwarf. Als er erkannte, dass sie mit James zusammen das Dach hinunterschlitterte, war er sofort durch die Luke hinausgestiegen.
Danny streckte sich noch weiter und bekam Maddies Gürtel zu fassen. Er versuchte sie in Sicherheit zu ziehen, aber James' Gewicht war zu viel für ihn.
»James!«, keuchte Danny. »Hilf mir!«
James lag mit ausgebreiteten Armen auf dem Dach, das Gesicht auf das Blech gepresst, die Beine über dem Abgrund hängend.
»Gib jetzt nicht auf, Mädchen!«, keuchte Danny. »Maddie? Okay?«
»Ja.« Wieder tropfte brennender Schweiß aus ihren Haaren in ihre Augen.

Danny kroch an ihrem Körper vorbei und streckte den Arm nach James aus. Er bekam einen Ärmel zu fassen.
»Okay – zieh!«
Gemeinsam und mit größter Anstrengung schafften sie es, den schlaffen Körper in Richtung der Dachluke zu ziehen. James gab keinen Ton von sich, als sie ihn über das glühend heiße Metall schleiften.
Danny stieg die Leiter hinunter. Maddie drehte James auf dem Dach um und manövrierte seine Beine durch die Luke. Als James' Beine drinnen auftauchten, packte Danny sie und stieg langsam mit dem schwer auf ihm lastendem Gewicht die Sprossen hinunter. James sackte unten in Dannys Armen auf den Boden.
Maddie kam die Leiter herunter. Sie zitterte und keuchte.
James öffnete benommen die Augen. »Was hab ich getan?«, flüsterte er verwirrt. »Was hab ich Will nur angetan?«
Maddie kniete sich neben ihn. »Kannst du Spider noch stoppen?«, drängte sie.
Zwei leere Augen richteten sich auf sie. »Ja.«
Maddie durchsuchte seine Taschen. Sie fand sein Handy und hielt es ihm vors Gesicht. »Dann mach es!«, rief sie.
James rappelte sich in eine sitzende Stellung auf. Er wischte sich mit einem Ärmel den Schweiß von der Stirn. Mit quälender Langsamkeit begann er eine SMS einzugeben. Dann drückte er auf SENDEN. Er schaute Maddie mit einem verzweifelt unglücklichen Blick an.
Sie lächelte und nahm seine Hand. »Es ist okay«, sagte sie sanft. »Jetzt ist alles okay.«
James' Gesicht fiel in sich zusammen. Er begann zu weinen.

Der rote Laserpunkt kam endgültig über Alex' Herz zur Ruhe.
Spiders Finger spannte sich über dem Abzug.
Alex hatte nur noch den Bruchteil einer Sekunde zu leben.
Spiders Handy klingelte.
Sein Finger entspannte sich. Ohne den Laserpunkt von Alex' Hemdbrust zu nehmen, griff Spider nach dem Handy und empfing die Nachricht.
Eine SMS.
AUGEN FEST GESCHLOSSEN.
Spider hob leicht die Augenbrauen. Er lächelte traurig und schnalzte mit der Zunge.
Er zog das Gewehr wieder aus dem Loch in der Scheibe. Er stützte sich auf ein Knie und begann die Waffe langsam und methodisch auseinander zu nehmen. Dann legte er die Einzelteile nacheinander sorgfältig in seinen Koffer.
Als wäre nichts geschehen.

✷

Alex hatte ein Problem. Er konnte den Pistolenlauf nicht mehr durch sein Fernglas erkennen. Das bedeutete, dass er nicht sagen konnte, ob Spider noch da war. Was, wenn der Killer den Platz gewechselt hatte – wenn er seine Waffe jetzt von einer anderen Stelle auf Will richtete?
Alex atmete tief durch. Er hatte die Anweisung, alles Weitere dem Einsatzkommando zu überlassen. Er zögerte. Er hatte keine Waffe bei sich. Es wäre verrückt, sich dem Killer so zu nähern. Er wusste das.
Aber er brachte es einfach nicht fertig untätig herumzustehen.
Sein Instinkt sagte ihm, dass er zu der Kabine gehen musste.
Also ging er den langen Gang entlang zur anderen Seite des

Platzes und bahnte sich einen Weg durch die Zuschauer, die jetzt den Ausgängen zuströmten.
Alex zählte die einzelnen Türen, bis er bei der richtigen Kabine angekommen war. Die Tür stand offen. Er presste sich an die Wand und bewegte sich Stück für Stück auf den Eingang zu – mit wachen Sinnen, jeden Muskel gespannt.
Etwas lag auf dem Boden. Direkt vor der Tür.
Ein Handy.
Er hockte sich hin und hob es auf.
Auf dem Display stand eine SMS. Nicht abgeschickt.
HALLO ALEX. NÄCHSTES MAL BIST DU TOT.
Alex wurde übel.

✳

Jack Cooper gab neue Anweisungen aus. Alle PIC-Einheiten sollten sich sofort in der Wetterstation des Centrecourt treffen. Zwei Ordner waren niedergeschlagen worden. Sie waren bewusstlos, aber nicht schwer verletzt. Ein Auto war gestohlen worden und mit hoher Geschwindigkeit weggefahren.
Die Flucht des Killers war geglückt.

✳

Maddie blieb bei James, während Danny Hilfe holte.
Sie kniete neben ihm und hielt seine Hand. Er lag mit vor Entsetzen leerem Gesicht da und starrte vor sich hin. Sie sah auf, als sie Danny mit den Sanitätern den Gang entlangkommen hörte.
Sie hoben James auf eine Trage und breiteten eine Decke über ihn. Er hielt Maddies Hand, als sie ihn durch das Restaurant

schoben, die Treppe hinunter- und zum wartenden Krankenwagen hinausbrachten.
Maddie schaute dem wegfahrenden Wagen nach. Sie spürte noch den verzweifelten, klammen Griff von James' Hand. Sie sah noch den verloren-hilflosen Ausdruck auf seinem Gesicht. Sie fühlte sich ausgelaugt. Erschöpft.
Danny stand neben ihr. »Bist du okay?«
Sie warf ihm einen Blick zu. »Nein.«
Alex kam auf sie zu. Sein Gesicht war aschfahl.
»Spider ist abgehauen«, sagte er. »Aber wir sind ihm auf der Spur. Susan Baxendale ist zuversichtlich, dass wir ihn das nächste Mal schnappen.«
Dann hörten sie eine durch Lautsprecher verstärkte Stimme über das Centrecourt-Gebäude dringen.
Wills Stimme.
Er wurde mit der berühmten Trophäe ausgezeichnet.
»... und ich möchte meinem Bruder James danken – wo auch immer er gerade ist. Ich möchte ihm für seine Liebe und Unterstützung während all dieser Jahre danken. Ohne ihn würde ich diese Schale jetzt nicht in meinen Händen halten. Danke für alles, James!«
Die drei erschöpften PIC-Kollegen sahen sich an.
Was sollten sie dazu sagen?

Zweiundzwanzigstes Kapitel

Will Anderson saß allein in einem kleinen Büro des Millennium Buildings. Er hatte darum gebeten, einige Minuten allein sein zu dürfen. Er sammelte sich für die zweite große Herausforderung dieses Tages: die live übertragene Pressekonferenz. Er hatte die Arme locker auf seinen Knien überkreuzt und ließ den Kopf hängen. Ihm schwirrte der Kopf.
Wimbledon Champion.
Gewinner des Herreneinzel-Finales.
Vor ein paar Tagen hatte er das Wimbledon-Museum besucht. Er hatte sich all die berühmten Namen und Gesichter aus der Geschichte des Turniers angeschaut. Es war ihm unmöglich erschienen, dass er einmal dazugehören würde.
Er konnte es immer noch nicht glauben. Es war noch nicht richtig in seine Vorstellung durchgedrungen.
Doch die Siegeseuphorie hatte sich schnell verflüchtigt – jetzt fühlte er sich leer und allein. Sehr allein.
Wo war sein Bruder?
James war nicht im Centrecourt gewesen. Während dem Durcheinander von Gratulationen, die dem Match gefolgt waren, hatte Will nur an eines gedacht: Wo ist James? Sein Sieg fühlte sich schal an, wenn er ihn nicht mit seinem Bruder teilen konnte.
Niemand wusste, wo James war. Keiner konnte es ihm sagen. Will kam sich vor, als sei er von lauter Leuten umgeben, die

sich darauf verständigt hatten, eine wichtige Information von ihm fern zu halten.
Es wurde leise an die Tür geklopft. Will sah auf – plötzlich hoffnungsvoll.
»James?«
Die Tür öffnete sich.

*

Zwei Minuten früher.
Auf dem Gang vor demselben Büro.
Maddie, Alex und Danny – mit einem Problem.
»Jemand muss es ihm sagen«, meinte Alex. »Inzwischen wissen alle außer ihm über James Bescheid.« Er deutete mit dem Kopf zur Tür. »Wollt ihr, dass irgendein Journalist es vor den Livekameras ausplaudert? Soll er es auf diese Weise erfahren?« Alex hob etwas die Stimme und imitierte den höhnischen Ton eines Boulevardjournalisten: »Ihr Bruder wurde gerade ins Krankenhaus gebracht, Will. Gerüchten zufolge ist er durchgedreht – würden Sie uns sagen, wie Sie sich dabei fühlen?« Alex sah seine zwei Kollegen an. »Das dürfen wir nicht zulassen.«
»Schau mich nicht so an«, sagte Danny und hob abwehrend die Hände. »Ich kann es ihm nicht sagen. Ausgeschlossen.«
Alex schüttelte den Kopf. »Ich auch nicht. Wie sagt man einem Typ, der gerade Wimbledon gewonnen hat, dass ihn sein eigener Bruder während der letzten sechs Monate umbringen wollte?«
Danny runzelte die Stirn. »Man darf ihm auf keinen Fall die ganze Geschichte erzählen, das ist sicher«, sagte er. »Er würde ausrasten! Er weiß bis jetzt nur, dass James ins Krankenhaus

gebracht wurde. Er braucht im Augenblick noch nicht jedes Detail zu wissen.«

Maddie hatte ihren Kollegen schweigend zugehört. »Doch, das sollte er«, sagte sie leise. »Er muss wissen, dass James krank ist. Er muss wissen, dass James seit einiger Zeit an einer Art Geisteskrankheit leidet. Er braucht Hilfe und die bekommt er jetzt auch. Die Person, die Spider anheuerte, um Will zu erschießen, war nicht der wirkliche James. Das wurde mir klar, als ich mit ihm auf dem Dach lag. Da habe ich für Augenblicke den echten James gesehen – den James, dem plötzlich klar wurde, was er getan hatte.« Die Erinnerung ließ sie erschauern. »Ich werde nie den Ausdruck auf seinem Gesicht vergessen.«

»Er wird eine lange Therapie brauchen«, sagte Danny leise.

Maddie nickte.

»Das wird Will das Herz zerreißen«, meinte Alex. »Es wird ihn zerstören.«

»Nein, das glaube ich nicht«, sagte Maddie. »Du kannst dir gar nicht vorstellen, was Leute alles durchstehen können.« Ihre Augen leuchteten entschlossen auf. »Ich sage es ihm«, sagte sie entschieden. »Jetzt gleich.«

Danny hob eine Hand, um sie aufzuhalten, ließ sie aber sinken, als er die Entschlossenheit in ihrem Ausdruck bemerkte.

Maddie stand vor der Tür und atmete einige Male tief durch. Dann klopfte sie. Sie öffnete die Tür, trat in das Büro und zog leise die Tür hinter sich zu.

Danny und Alex blieben auf dem Gang stehen.

»Weißt du was?«, sagte Danny. »Sie ist die Tapferste von uns allen.«

Die Hoffnung verschwand aus Wills Gesicht. Es war nicht James, der durch die Tür kam. Es war Maddie Cooper. Sie schloss die Tür und blieb dann einige Sekunden stehen und sah ihn an.
Irgendetwas an ihrem Ausdruck erschreckte ihn. Trauer, Mitgefühl und tiefes Mitleid.
»Es war … es war James, nicht?«, fragte er.
Maddie nickte. »Ja«, sagte sie. »Es war James.«
Seine Stimme zitterte. »Erzähl.«
Sie ging durch den Raum auf ihn zu.
Die nächsten Minuten erschienen ihr als die schwersten ihres ganzen Lebens.

Der Presseraum des Millennium Buildings.
Nach oben gestaffelte Stuhlreihen vor einem breiten Tisch.
Der Raum war gerammelt voll. Auf Nachrichten hungrige Journalisten aus der ganzen Welt warteten gespannt. Will saß an dem Tisch, neben ihm Lars Johansson und Vertreter der Veranstalter. Dieses Mal lächelte der sonst so nüchterne Däne. Wohl das erste Mal, seit er hier ist, dachte Danny.
Danny und Alex hielten sich im Hintergrund. Sie standen ganz hinten, in der obersten Reihe. Von dort aus wirkte Will jung und verletzlich.
Doch der Herrenchampion meisterte die Pressekonferenz hervorragend.
»Er schafft es wirklich toll«, flüsterte Alex Danny zu. »Man würde niemals darauf kommen, was er gerade über seinen Bruder erfahren hat.«
Danny nickte. »Da hast du Recht.«

Sie hatten Maddie nicht mehr gesehen, seit sie in das Büro gegangen war, um Will über James aufzuklären.
Sie hatten sie eigentlich in der Pressekonferenz erwartet. Aber Will war allein dorthin gekommen, sein Gesicht war ruhig und sein Ausdruck nicht zu deuten gewesen.
Jetzt musste er sich der Frage stellen, die Alex und Danny befürchtet hatten.
»Können Sie uns sagen, was mit Ihrem Bruder los ist? Stimmt es, dass er ins Krankenhaus gebracht wurde?«
Ein Anflug von Trauer huschte über Wills Züge, doch seine Antwort kam klar und sicher. »Ich möchte jetzt nur sagen, dass ich meine gesamte Karriere James verdanke. Ohne ihn würde ich nicht hier sitzen. Sobald diese Konferenz vorüber ist, gehe ich zu ihm. Ich werde alles tun, damit es ihm so schnell wie möglich wieder besser geht. Das hat absolute Priorität.« Sofort wurden weitere Fragen gestellt. Er hob abwehrend eine Hand. »Mehr kann ich dazu nicht sagen. Ich beantworte jetzt Fragen zu anderen Themen.«
Danny und Alex warfen sich einen beeindruckten Blick zu.

✵

Maddie stand auf der rasenbewachsenen Dachterrasse des Broadcast Centre. Sie lehnte am Geländer und sah über die nördlichen Plätze des Wimbledon-Areals – auf das Zuschauergewimmel, die hohen runden Mauern des Centrecourt, die Aorangi-Picnic-Terrasse.
Sie fühlte sich schlecht. Ausgelaugt. Ihr langes Gespräch mit Will hatte sie viel Kraft gekostet. Und es hatte sie an die Tragödie erinnert, die ihr eigenes Leben so verändert hatte – vor nicht einmal einem Jahr.

»Erdbeeren mit Sahne, Miss?«
Sie wandte sich um. Danny und Alex standen hinter ihr. Danny hielt ihr einen weißen Becher hin. Sie nahm ihn mit einem angedeuteten Lächeln.
»Danke.«
Sie lehnten sich links und rechts neben ihr ans Geländer.
»Du warst gar nicht so leicht zu finden, Mädchen«, sagte Danny. »Wir dachten schon, du wärst irgendwo untergetaucht.«
»Ich wollte nachdenken«, sagte Maddie.
»Und? Hast du fertig nachgedacht?«, fragte Danny. Er lächelte.
Maddie lachte. »Ja.«
»Wir waren bei der Pressekonferenz«, sagte Alex.
»Wie war er?«
»Brillant«, sagte Danny. »Ein echter Profi.«
Alex schaute Maddie ernst an. »Wie hat er es aufgenommen?«, fragte er. »Hast du ihm alles gesagt?«
Sie nickte. »Es tat ihm Leid um James«, sagte sie. Ihre Stimme klang belegt. »Das war seine erste Reaktion: Es tat ihm Leid um ihn. Er sagte, er hätte merken müssen, wie schlecht sich James offenbar all die Jahre gefühlt hat. Er machte sich Vorwürfe, dass er nicht verstanden hat, wie schwer es für seinen Bruder gewesen sein muss, immer in seinem Schatten zu stehen.« Sie sah von Danny zu Alex. »Könnt ihr das verstehen?«
»Ich glaube, James stellt für Will einfach die Familie dar, die er verloren hat«, meinte Danny.
»Er sagte, er würde alles dafür tun, dass es James bald wieder besser geht«, fuhr Maddie fort. »Er ist ein wirklich erstaunlicher Typ.«
Alex sah sie lächelnd an. »Und du bist ein erstaunliches Mäd-

chen, Maddie«, sagte er. »Ich hätte das nicht geschafft – ich hätte es nicht fertig gebracht, ihm die Wahrheit über James zu erzählen.«

Maddie lächelte ebenfalls. »Wir haben heute alle viel geschafft. Es war Teamwork. Darum haben wir schließlich auch gewonnen – Spiel, Satz und Sieg!«

ENDE